三日月

三日月

輕世代
FW057
05
最惡拍檔
最後的羈絆
秋十 著
流翼 繪

最惡拍檔

目錄

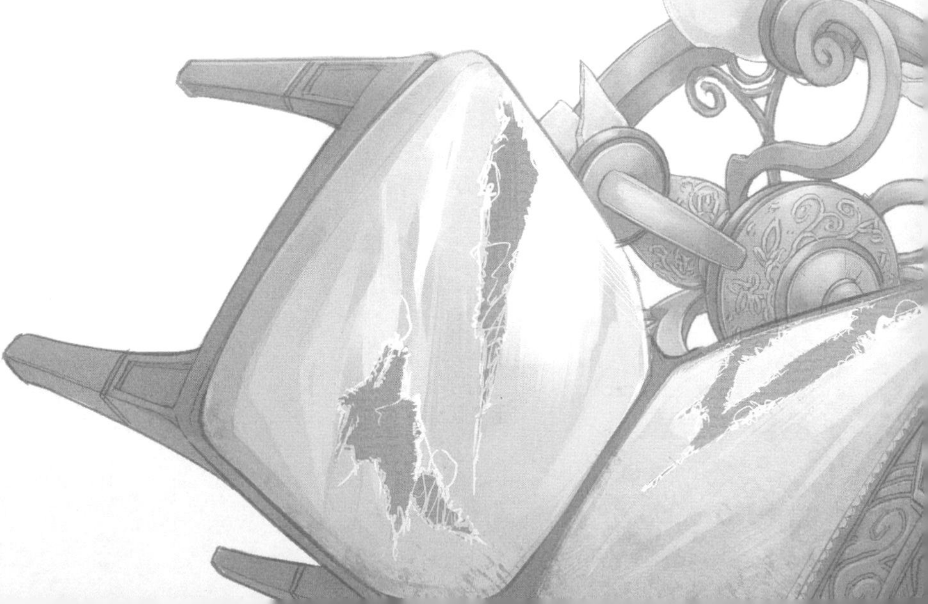

楔子　這一刻，聲音

她聽到蘭可的聲音。

聲聲呼喚，充滿悲痛和悔意，不斷哀求她回來。

她聽到了，可是她回不來。

因為預言實現了，她的夢境是即將發生的未來，在夢中她清楚看見自己如何被一把長刃穿過胸膛、如何死在血泊之中。

即使知道這是宿命，但她還是很不服氣。

結局不應該是這樣的，該死的人除了她之外，還有另外一個道貌岸然的男人。

男人以威武無私的姿態贏盡大家的信任，包括她在內，最後卻背叛了她的信任，甚至害得她和蘭可從此生死相離。

她不忿氣，很不忿氣，這股怨氣形成了執念。

她知道她已經踏上了不歸的道路，偏離了輪迴之道，但為了她失去的一切、為了她愛的男人，她願意踏上這條不歸路。

一切由此開始。等待，是她唯一的冀望，她知道她愛的那個男人也正在等待，因為在臨終之前她留下了一個預言。

——十三年後，有一人將以背叛光明的身分甦醒，向世人宣判那滅殺女神之罪並使之復活，屆時世界的真相將被顛覆並步向摧毀。

那人持有雙十字聖痕，那人將是她和蘭可的最後希望。

那人的名字是……白優聿。

藏於參天古木的別墅裡頭，擁有銀色短髮的男人坐在床沿，輕撫著女人的頰畔。

女人看起來像是沉睡一般，沒有反應，脖子上掛著一條繫上黑色水晶的項鍊。黑色水晶內有力量在竄動，正緩緩滲入女人的肌膚內。床的四周畫了十三個法陣，透著樹葉縫隙滲進的陽光落在法陣上，泛起淡淡的金光，也讓人看見了空氣中的隱隱波動。

這些法陣正在為沉睡的女人進行生命的延續。黑色水晶裝了女人的靈魂，而女人手腕上戴著的金紅波浪紋路手環正是銜接靈魂與軀體的媒介。

蘭可以愛憐的目光看向沉睡中的伊格。不久之後，他等待了十三年的女人即將甦醒，即使以另外一個女人的皮相甦醒，但這個女人依然是伊格，擁有伊格的靈魂。

他辛苦策劃了十三年的「噬」儀式最終也將完成。十三年看似一下子就過去了，卻讓他感覺等上了一個世紀。

不過就算等上一個世紀也是值得的。

「只要我把『他』也帶來，我和妳就可以討回遲了十三年的公道。」蘭可輕聲說著，嘴角微揚，讓他殘缺的右臉看起來更加可怕。

「妳聽得到的，對吧？」

女人長長的睫毛似乎顫動了一下，讓他有些激動的湊前，緊握那隻微冷的小手。

等了好一下，發現女人還是沒睜開眼睛，滿心期待的他不由得失落了。

他害怕這種感覺，儘管多年來他習慣面對這種失望，但每一次的等待落空總是讓他神傷不已。

他握緊了女人手，再一次一如既往的獨自承受所有的傷悲。

「有問題嗎？」略微沙啞的聲音響起，那人穿著密不透風的黑色長袍、戴上黑色面紗，只露出一雙眼睛，眼神裡頭有著一貫的深沉。

對方站在那兒已有一段時間，看著蘭可和沉睡的克羅恩……或許該換個說法，這副軀體的主人已經變成伊格了，看著蘭可露出傷悲的表情，讓他忍不住出聲。

「你來了，澤拉。」蘭可搖頭，放下伊格的手，看了一眼時間。「時間到了吧。」

難怪伊格腕上的赤色聖環已經逐漸褪色，上面的紅色逐漸退散，快要變成全然的金色。

澤拉沒多說，只是五指一揚，一股淡光綻放出來，純銀色的長劍出現在他手心。使力握緊，他毫不猶豫往伊格腕上的赤色聖環刺去。

劍尖似乎穿透過聖環，詭異的沒有發出一絲聲響，純銀色的劍身開始產生變幻，一條細長的紅色紋印浮現，像是有生命的靈蛇般鑽入聖環內。漸漸的，聖環的顏色變成金赤色，也不知是錯覺還是什麼，沉睡的女人似乎氣色變得好多了。

蘭可看著澤拉拔劍、收劍，動作一氣呵成。「如何？」

「再過不久，她就會醒了。」澤拉說著。

「我是問你的心情如何？」

對方挑眉，隨即變得淡漠。「這重要嗎？」

「重要。我必須確定你是站在我們這一邊，而不是反咬我們一口的人。」

澤拉的眸光變冷，瞪了蘭可好一下才移開視線。「從那個時候開始，我就知道自己應該站在哪一邊。」

所以，蘭可是多慮了。澤拉的眸光投向窗外，握緊了拳頭。

「接下來，我知道該怎麼做。」

CH1 預言的腳步

山雨欲來風滿樓的感覺是這樣的嗎？

總帥把玩著桌上的拆信刀，凝望窗外的藍天白雲。最近獨羅組雖然收到不少的消息，指出蘭可等人可能匿藏的地點，但每次當大家帶齊人馬前往的時候卻發現那兒壓根兒沒有蘭可等人的行跡。

長老會為此憤怒不已，下了鐵令要大家一定在一個月內找出蘭可等人，不然等著接受長老會的責罰。

偏偏蘭可等人說消失就消失，不但消失得一絲蹤跡也沒有，而且詭異的是，這十天來，大陸各個城池竟連一宗惡靈出現的事件也沒有。

整個大陸變得異常平靜得讓人生疑，似乎宣告著某種危機的到來。

狐狸總帥一邊想到某個可能性，一邊蹙起了眉頭

他知道蘭可不是一個輕易放棄的人。堅持了十三年的仇恨，除非等到解開的那一天，不然蘭可絕對不會放下。

或許等到仇恨解開的那一天，蘭可也未必能夠放下。

從他認識對方的那一刻開始，那個男人就是如此執著的一個人。

擁有絕佳的冷靜、絕佳的睿智，蘭可在學園的時候就是一個模範見習引渡人，相較起同一期的引渡人，他是他們這一期內最受到長老會看好的一個。

要不是因為伊格，總帥這個位子肯定由蘭可坐上。

如此優秀的男人卻為了伊格自甘墮落，踏上一條與大家為敵的不歸路。接下來的交手，蘭可固然會出手毫不留情，他們這一方也不能再留餘力了。

狐狸總帥想得有些出神了，敲了好一下門的人見裡面沒反應，直接開門進來。

「叫那麼久沒反應，我以為你被人暗殺了。」

劈頭第一句就是不吉利的話。來人是一個長得異常瘦削的男人，穿著灰色斗篷，遮去面目只露出一張薄唇。

「我可以把你的這番話當作是關心的問候嗎？藍斯掌櫃。」狐狸總帥一笑。

男人是獨羅分設的掌樞，只要涉及「獨羅」分設的一切事務，這個男人擁有至高的決定權。大概是因為出身情報組的關係，獨羅分設的掌樞在公開場合從不展示自己的真面目，見過對方真面目的人也寥寥無幾。

就連在狐狸總帥面前，對方也沒有掀開斗篷的打算。

「我只是關心在你死去之後誰會補上當我的頭兒、我需不需要不時加班，就這樣而已。」藍斯說話習慣一針見血。

狐狸總帥笑而不答。他知道男人過來找他一定是有要事，與其沿著無聊的話題打轉，不如靜待對方開口。

果然，對方一屁股坐下就開口：「你要查的那件事有了眉目，三年前──」

狐狸總帥倏然揚手阻攔藍斯繼續說下去，後者微覺古怪的看著他。

「辛苦你了，關於那件事的報告我遲一些再過去找你要。」狐狸總帥擠了擠眼，後者似乎也有所覺的頷首。「至於追查蘭可等人一事，再次拜託你。」

「知道了。那個狡詐的傢伙……大家都急著揪他出來痛扁。」

「總之，小心行事。」

說到這裡意味著趕人出去辦事，藍斯站了起來，睨了窗外一眼這才轉身離開。離開之前似乎還想起某些事情，他腳步停頓了一下。「對了，要通知你一聲，淵鳴那兒的人最近似乎和長老會走得很近，好像正在策劃，你自行斟酌吧。」

「謝謝。」

對方揮了揮手，這才離開。狐狸總帥揉著眉頭，可能是最近太多煩惱的緣故，他發現自己最近的白頭髮冒出不少，坐這個位子的人果然很容易變老啊。

大家都認為坐這個位子的人最體面、最有權勢，其實大多數人都不知道這個位子上的人必須背負多少責任。

就好比說目前那個掛在窗臺處的麻煩人物。狐狸總帥清咳一聲。「外面的天氣不熱嗎？再掛下去說不定會中暑喔。」

外面的樹影似乎晃動了一下，樓臺處的一個人影俐落躍進來，不等對方站穩，本是安坐的總帥猛地回身，手中的拆信刀急揮向對方咽喉。

後者往後一仰，堪險閃過攻擊，大手一拖一壓，架開總帥的右手，重拳揮出。

大掌抵上那人的左鉤拳，總帥順著對方的攻擊卸下拆信刀，右手一拉對方的襟口，直接來一記漂亮的過肩摔。

那人單手一按椅背，整個人彈跳起來，隨即以蹲姿著地。

狐狸總帥揚手展示他得來的戰利品，竟是一枚灰色的學園徽章。「這個還要不要啊？」

那人一訝，隨即蹙眉。「不玩了，還來。」

狐狸總帥一笑，將灰色徽章拋過去。黑髮男子接穩，重新別在衣襟上，吁了一口氣。「要是弄不見學園徽章，我肯定會被訓導主任的肥肉夾死。」

「修蕾家的訓導主任有那麼兇嗎？我看他平日肥嘟嘟的，滿可愛。」

「你對可愛的觀點有嚴重的偏差。」

狐狸總帥只是側首微笑，打量著他沒再說話。白優聿摸了摸鼻頭，乖乖來到對方面前坐下。

看著狐狸的笑臉，他突然莫名的百感交集。

這裡他之前來過不下百遍，而且經常採用剛才那種方法進來，因為總部規定墨級以下的引渡人必須等到總帥親口答應才可以進入，總覺得這樣耗時的他每次都自行爬上總帥所在的樓層，然後以光之屏障隱身躲在窗臺處。一來，他可以等到沒人的時候直接見到對方，二來，他可以順便偷窺一下狐狸有什麼不可告人的祕密。

倒楣的是每一次他來不及閃亮現身就被狐狸揪出來。幾次訓斥之後，他依然故我，狐狸總帥似乎也放棄了，任由他三不五時爬上樓臺找自己。

但，自從臻出事之後，他發誓再也不踏足這個地方。

直到今天，他回來了。

「看起來恢復得不錯，你覺得如何？」狐狸總帥笑看怔怔出神的白優聿，這個臭小子看起來已經和當年那個臭小子相去不遠，但要說完全恢復也不盡是，該怎麼說呢……

眼前的白優聿比以前多了一份內斂。那是經歷過滄桑才會出現的眼神。

「也沒什麼感覺，只覺得花了很多時間才重新回到原點。」白優聿聳肩。

之前跌跌撞撞過很長一段時間，等到他重新把失去的掌握在手，那種失而復得的心情反而沒什麼強烈，比較強烈的該是他埋藏在心中許久的感激吧。

在他選擇放棄的時候，這些人並沒有放棄他，反而積極的幫他找到了出路。不過他打死也不會在狐狸面前承認自己心生感激這件事就對了。

「能夠回到原點是好事，有些人一輩子也回不到原來的道路上。」不知黑髮男子心事的狐狸總帥淡笑著，指了指窗口。「不過還是要說你一下，下次請你別躲在那個地方偷聽，這很不道德。」

白優聿盯著對方，好半晌才微哂。「該不會你真的有不可告人的祕密吧？」

「每個人總有一些祕密。而且隱瞞真相的背後往往是充滿善意。」

模稜兩可的答案讓白優聿挑眉，他其實有許多藏在心底的問語，這些問題只能在眼前此人的身上得到解答，但對方這麼一說，他沒把握能夠從對方身上得到多少的真相。

剛才藍斯掌樞說過的話讓他在意起來。狐狸總帥是一個比他精明上百倍的人物，一定是察覺到某些不妥，所以派了掌管獨羅分設的藍斯掌樞親自調查某件事。

可惜自己被狐狸發現了，不然他應該能夠掌握更多資料。

「別杵在那兒演內心戲，你難得過來找我，應該不是敘舊那麼簡單。」

嘖，被狐狸看穿了，白優聿深吸一口氣。「有一件事我要問個清楚。」

他思前想後了許久才做出這個決定。如果不搞清楚這件事，他終日難安。所以他選擇獨自來到梅斐多城的總部，等到把事情搞清楚之後，他才回去和望月會合。

唯有搞清楚一切，他才能夠坦然面對自己的拍檔。

狐狸總帥沒有錯過他臉上細微的表情變化。「讓我猜猜看，這件事你不想讓望月知道？」

「的確。」在對方面前，他母需隱瞞。

「可是這對望月不公平，他是你的搭檔。」

這句提醒真的刺耳。白優聿悄然握拳。「我只是暫時不想讓他知道，你剛才不是說隱瞞的背後往往充滿善意的嗎？」

「好吧。」說不過他了。狐狸總帥頷首。「說吧，你要問什麼。」

「所有的事情。十三年前伊格和蘭可、你和修蕾四人之間發生過的事情。」這句話埋藏在心底許久了，遇上蘭可之後，這些疑惑無時無刻都在他腦海裡揮散不去，白優聿挺直腰板湊前。「最重要的，我要知道伊格當年留下的那句預言。」

狐狸總帥的表情微變，逸去一直掛在嘴角的笑容，變得有一點的深沉。

「別給我來什麼『這是機密』之類的廢話。」他冷冷開口，緊緊盯著總帥的表情。「望月被伊格的執念附身之時，我聽伊格說過：持有雙十字聖痕的人終將以背叛光明者的身分甦醒……」

這句話不僅是伊格說過，蘭可也暗示過。他無法辨識預言的真偽，但經過他仔細推敲之後，他發現一個可悲的實情。

多次的交手，蘭可有著許多置他於死地的機會，但對方偏偏一次又一次放過他，每一次只是以審視的姿態與他交手。蘭可不是一個慈悲的人，對方應該是在等待，他甚至想起蘭可在逼出他的聖示之痕之後高興的表情。

他肯定這背後有一個重大的陰謀。而唯一知情的人恐怕只有狐狸總帥。如果不是這份恐懼，他不會找上狐狸總帥。

內心掙扎了一下，白優聿終於開口說著：「……在伊格的預言中，我是不是會成為叛徒？」

總帥嘆息了。面對如此直接的質問，他還真不知道該如何回答。

「請你回答我，經過那麼多事情之後，你還認為我沒資格知道真相嗎？老師。」白優聿喚著從前只有二人獨處的時候就會冒出的稱呼，表情懇切。

今日的白優聿果然比以前的白優聿不同了。狐狸總帥暗想，他緩緩摘下眼鏡，抹了抹鏡片之後再戴上，面帶笑容看著他。

白優聿以為對方打算來個沉默是金，沒想到對方卻開口。

「要知道真相的話，我可以告訴你。」

「所以說，聿甩下你之後就鬧失蹤了？」

「我才沒有被一個白痴甩下！」

路克支著下巴，邊把玩鋼筆邊注意眼前的金髮少年。因為搭檔不負責任的出走，金髮少年的臉色臭到極點，搞到四周的氣壓很低，路克開始想像得到白優聿回來之後回來面對的暴力狀況。

不過可以自行解開封印的白優聿已不是軟腳蝦，這場激戰應該有幾分看頭才是，心腸其實也是黑色的路克忙著想像那有趣的畫面。

他們此刻所在的地點是連瑞城，自從上次與蘭可在列德爾城堡大戰之後，傷者就繼續留在連瑞城小隊的駐點休養，路克以雲吹組長的身分繼續留在這兒，痊癒得差不多的望月今早一起身發現白優聿出走了，暴怒得讓大家識趣閃避免得被他的怒氣波及。

仔細一想，路克明白了一點。「望月，你很擔心聿吧？」

雷霆萬鈞的殺氣登時掃射過來，路克無辜的眨眼，望月礙於對方是前輩的分上不跟他計較，悶聲不想只坐在一旁，片刻才開口：「難道你不擔心？」

還以為金髮少年會冒出「誰管白痴的死活」、「白爛人死了更好才不會拖累我」之類的違心論，沒想到對方竟然說實話了。路克把視線轉向窗外的灰暗天空，看樣子外面快要下雨了，順帶回答少年的話。「也沒什麼好擔心的。」

「哼，那也是，他被惡靈生吞了也不關我的事。」還在生氣搭檔的少年下著詛咒。

真可怕……路克搖頭，是說這種程度的反話也屬於關心的一種吧？他雖然和少年接觸的時間不長，但依著少年孤僻的個性，會說出這番話代表白優聿在少年心中已存在某些意義。

「現在遇上他的惡靈可以說是很倒楣。」沒有刻意點破少年的想法，路克聳肩。「我覺得他是去辦自己的事情了。」

去辦自己的事情了？搞不好路克真的猜對了。白優聿最近似乎心事重重，不時陷入沉思，連望月也覺得他很不妥。

是因為前任拍檔臻的事情？上次襲擊本部的澤拉能夠模仿臻的招數，他知道白優聿十分在意這件事。

這世上確實存在著複製他人能力者，但要複製出墨級引渡人的招數卻不是一件容易的事情。就連修蕾大人也未必能夠完全掌握並複製出墨級引渡人的招數。

想到這裡的望月沉默了一下。「路克，你見過臻．米露費斯這個人嗎？」

他對這位墨級引渡人的認識僅止於她是白優聿的前任搭檔，其他的所知不全。同樣在總部工作的路克應該認識這位人物吧？

「我見過她，但說不上是熟識。」路克淡笑回答：「在總部，我的等級是琉級，通常很少與墨級的接觸，就算有，也只是點頭之交。」所以他對臻的認識不多。

望月蹙緊眉頭，看起來有些在意，這模樣叫路克開口調侃：「我還是第一次看見你那麼在意聿的事情。」

「路克前輩。」警告性的瞪過去，望月選擇忽略銀髮男子的礙眼笑容。「我只是想瞭解他的過去，不瞭解他的話，我們怎麼能夠練成心靈共鳴？」

一談到這個要點，路克登時想起這組拍檔身負的重任，心靈共鳴是用來對付蘭可的最後一招，想到即將要對付的人是血親，路克的表情變得有些凝重。

但他很快恢復過來。「我只是知道聿自小是一個孤兒，被米露費斯家族收養之後就一直和臻有著十分微妙的關係。他視她為競爭對手、也視她為需要保護的人，比家人多出一份眷戀，卻也不是情侶關係，總之，臻在他心目中比任何人重要。」

望月頷首，自己對修蕾大人的態度大概就是白優聿對待臻的態度吧。如果哪一天如此重要的一個人死在自己手上，他想自己同樣也會崩潰。

「那麼關於臻．米露費斯的攻擊和招數，你知道多少？」如果能夠知道多一點，或許他能夠解開謎團的一部分。

「我不太清楚。」路克說了出來之後隨即想到某件事，但他決定暫時不說，聳肩，「你在想著潘隊長遇襲的那件事？」那個叫做澤拉的攻擊者。

「對，他的複製能力讓人在意。」他相信大家都有這個看法。澤拉比蘭可的任何一個手下來得危險。

路克大概明白為什麼望月一直詢問臻的事情。如果是這樣的話，他想到一個方法。「總部的資料中心應該可以找到臻的資料。」

「我可以進去嗎？」總部的資料中心好像不是阿貓阿狗都可以隨意進出的吧。

「見習引渡人的話就不行，但用走後門的方式倒可以，不過我不可以告訴你喔。」剛好他就知道好幾個走後門的方式，但告訴望月這些方法會把少年給帶壞的。路克搖頭。

望月看著貌似有很多祕密的前輩，再一次深深確定自己的想法，路克絕對沒想像的親切和正直，其實他是那種很賊很賊的人物……

「我想去，你沒辦法嗎？」望月知道自己無法從白優聿身上找到答案，只有親自去一趟資料中心。

「要經過總帥大人批准才行——」路克有些苦惱的道。

話未說完，房門被人推開，路克的話被打斷，紅髮少女走了進來，身後還跟了一個瘦弱的少年。

「望月學長，路克前輩。」

望月和路克不約而同站了起來。少女的臉色看起來依舊蒼白，但比起之前身體狀況是好轉許多了，加上路克這些日子來的悉心醫治，她已經可以下床步行。她身後跟著自她出事之後就留守在這裡的天孜，同樣是教廷的一分子。

「身體不舒服？傷口痛了？」路克還以為她有什麼問題了，她搖了搖頭，找個位子坐下。

「我是來向你們辭別的。」洛菲琳說著。

「回去教廷嗎？」自從洛菲琳被揭發是教廷派來混進梵杉學園的臥底之後，修蕾大人已經下令開除洛菲琳的學籍，望月因為上次一役誤傷洛菲琳以致心生愧疚，對這個學妹還是照顧有加。

「是啊，都被開除學籍的說。」洛菲琳擠出一抹笑容，但是看得出她對此次的離開感到不捨，她吸了吸氣。「聿呢？我好像從昨天到現在沒看到他。」

「失蹤了。」望月聳肩，洛菲琳有些緊張的看過來，他才不甘不願解釋。「不必擔心，他遲早會回來的。」

洛菲琳點了點頭，似乎有些話想說，但最後還是搖搖頭。「希望你和聿可以原諒我之前的欺騙，我真的把你們當成朋友看待。」她絕對相信這組拍檔，可惜教廷那邊並不抱持同樣的想法。

望月打量了她一下，努努嘴。「雖然教廷和總部素來不和，不過我和白爛人不會否認妳這個朋友。」

洛菲琳笑了，眼眶微微泛紅，她忖了一下，還是決定把話說出來。

「或許我沒有立場這麼說，但是……但是如果真的有這麼一天的話，請望月學長你不要放棄聿。」

她知道教廷在防備什麼，也隱約猜出教廷派出她和奕君當臥底的主因是什麼，但她希望那件可怕的事情不要發生。

要是真的發生了，她希望有那麼一個人直到最後還是相信白優聿。

望月和默不作聲的路克對望一眼。路克似乎明白洛菲琳的意思，點了點頭。

「我是不是錯過什麼重點了？」望月不喜歡這種被蒙在鼓裡的感覺。

洛菲琳張了張嘴，一直沒出聲的天孜按上她的肩膀，丟了一記眼神給她。「不能再說了，要是被教廷的老大們知道我們多嘴準沒好下場。」

「……噢。」

「銀髮的，看在你對咱家洛菲琳悉心照顧的分上，過去的事一筆勾銷。」天孜睨了一眼路克。「下次見面，希望我們不是敵人。」

「我也這麼希望。」路克嘴角一扯。

二人說完就走，望月對洛菲琳說到一半的話依舊耿耿於懷，打算找可能知情的路克問個清楚，一轉身就看到路克自顧自的忙起來了，問下去多半也不會有答案。

算了，等白優聿回來他再嚴刑拷問……他的意思是，問一問白爛人好了。

現在他關注的還有另外一件事。「路克，你可以帶我走一趟資料中心嗎？」

「這不行喔。」

「僅此一次就好。」

「不好，我會被總帥大人罵死。」

「……拜託你，路克，這是我第一次也是唯一一次的求人。」

CH2 望月的想法

要從連瑞城出發到總部所在的梅斐多城並不需要太長的時間，大前提是如果這是乘搭子彈火車的話。

「嘔……咳咳咳……嘔……」

美麗的夕陽下，金髮少年蹲在一旁大嘔出聲，銀髮男子看了都覺得心有不忍，拍拍少年的後背助他順氣。都說了子彈火車出了名速度快，他們花了大半天的時間就來到梅斐多城，只可惜某位堅持要在最快速度下抵達目的地的少年嘔得幾乎站不直，就連他為少年施加了醫療法陣也只能稍微減輕少年的暈車症。

早知道就陪著他搭龜速火車好了，省得活受罪。路克揮了揮衣袖，覺得自己身上也染到嘔吐的臭酸味。

這邊，望月好不容易嘔完了，扶著牆壁站穩，迎上笑得苦澀的路克。「資料中心該不會開到下午六點吧？」

「沒有，資料中心是二十四小時營業的便利店。」路克開個玩笑，打量著他。「你確定不需要先休息嗎？」

「入夜之後應該沒什麼人會注意到我們。」望月鬆了鬆肩骨。「走吧。」

「你根本沒在聽嘛。」路克搖頭，帶著他走向叢林的另一方。

經不起望月的請求，素來心腸很軟的路克決定偷偷帶著望月去資料中心一趟。反正如果他不答應的話，金髮少年一定會另外想法子混進去，不如他自己帶人進去還比較放心。

資料中心是一幢獨立的建築物，外觀看起來像是一個巨大的鵝蛋，被一片綠意盎然包圍，分成東南西北四個入口，其中東南西三個出入口是給總部內的一般工作人員和墨級引渡人以下的人員使用，唯有北這個出入口允許墨級以及幹部們進出。

收藏了大陸上所有引渡人的資料全都擱放在北面這個入口。

望月還以為蘊藏了機密的北面入口至少會有守衛在把關，沒想到一路上他們連一個守衛也沒看見，門口兩側也是空蕩蕩的讓望月大惑不解。

「北面出入口設下了防衛的法陣，可以辨識來人身分，破解的方法只有高級人員才知道，不懂得解開法陣的人根本進不去。」路克解開了少年的疑惑。

這一下望月總算明白了，破解法陣對於身邊這位仁兄來說如同呼吸般容易，好吧，或許作為防禦作用的法陣可能會更加有難度，但當望月看著銀髮仁兄自顧自的開始解除法陣，他就知道自己多慮了。

路克之前肯定混進來不下十次，還滿有當盜賊的天分，望月很直覺的這麼想著。

於是，路克很快解除了法陣，攜著他一起進入。望月本來還帶著些許戰兢的心態闖進去，要叫一個向來遵守規則的人做出犯法事情總難免會心驚膽戰，可是一看四周，這裡好比學園裡的練習室，除了四扇牆壁之外，竟然什麼也沒有。

正想問是不是走錯地方的望月看著路克來到一張長方的玻璃桌前，雙手按在桌面上唸出咒言。「明明瀲瀲，靜靜空空，一切屏障，還原歸終。」

光潔明亮的四周出現七個大小不一的法陣，法陣浮現之後，本無一物的偌大空間陡地產生變幻，牆壁紛紛往後退去，隱藏在結界背後的書籍整齊排列在書櫃上，一一展現於眼前。

「要是懂得解除法陣卻不知道斥退結界的咒言，資料中心的書籍一樣不會出現喔。」路克回頭微笑對他說：「想盜取資料的人通常以為自己走錯地方，不能夠及時斥退結界就會被困在這裡。」

望月覺得自己還是別問下去，他現在比較想儘快拿到臻的生平資料然後閃人。「從哪裡開始找起？左邊還是右邊？」資料中心裡少說也有萬卷書。

「不必，就這樣找。」路克拉過他，讓他的手按在玻璃桌上。

望月不明所以看著他，直到玻璃桌面隱現淡淡金光，竟然又是一個繁複的法陣正發出光芒。他微訝之下想要縮回手，路克按著他的手不放邊說：「現在心念很重要，告訴它你想要什麼資料，它給不給你就要看你的心念有多強。」

他睨了一眼不似在開玩笑的路克，隱約懂了路克的意思。守護著資料中心的大概像是他之前碰過的尼瑙之眼之類的古老法陣，擁有靈性的古老法陣會選擇與自己有緣的人，能不能夠從這裡得到他想要的資料就要看他的造化。

這樣的話就放手一搏吧。望月閉起眼睛重複在心底默唸臻·米露費斯的名字。

法陣仍舊綻放淡淡金光，不過牆壁上的書並沒有動靜。一般來說，要是古老法陣接受了他的心念，他想要的那本書會直接跌落在跟前。

路克以前隨著總帥來過幾次所以清楚接下來可能發生的事。但等了將近十分鐘，周圍依舊一點動靜也沒有。

就在這個時候，設在外圍的法陣有被人開啟的跡象。路克一驚，能夠進來的人皆是非比尋常的引渡人，要是被他們發現己方二人就糟糕了。

他想也不想，一把拉過望月鑽入書櫃背後。隨著唸咒人的雙手抽離，結界重新被啟動，二人連著書櫃一起隱藏入結界裡頭。

「真是的，要說個話也得約來這種鬼地方，有夠麻煩！」不耐煩的聲音響起，一個頂著光頭的粗獷男人雙手環抱站在一旁，明顯是對著身後跟來的那人發牢騷。

那人長得斯文俊秀，看起來就像學校裡那種品學兼優的乖乖牌，年紀大概和望月差不多，冷笑開口：「你別小覷藍斯掌櫃的眼線，在外面說話會隨時被他的人聽去，索拿。」

隱身在結界內的望月和路克互覷一眼，他們看不到外面二人的長相，但「索拿」這個熟悉的名字鑽入耳中，他們都看到彼此眼中的驚訝。

沒想到在這裡還可以遇上熟人。

「那麼這裡夠安全了吧？說說看你的怪胎頭兒最近在搞什麼。」聽起來索拿對那人的頭兒有著不滿。

「我不讚同你這樣說我們的掌櫃大人。說到底，他還有幾分本事。」那人的語氣似乎也充滿諷刺。「最近他在調查臻．米露費斯的事情。」

「臻．米露費斯？」索拿連同躲在結界內的二人一樣驚訝。「長老會已經下令要全力追緝蘭可等人，他還有心思去調查一個死了三、四年的女人？」怪胎就是怪胎。

「我也覺得奇怪。但最奇怪的是我最近才發現，他是奉了洛廉的命令調查。」

「是洛廉下的令？」這下索拿也覺得事有蹊蹺了。「知道原因嗎？」

「我家掌櫃做事十分小心，短期內我只能夠打探到這些消息，你知道的，他對我這個副掌櫃並不是完全的信任。」那人有些無奈。

「哼，你的本事不止如此吧？菲利斯，你要知道能夠為梵德魯大人服務是你莫大的光榮。」索拿冷哼。

「這個我知道。我也非常樂意幫梵德魯大人肅清這一干人，讓總部在新一班有能之士的領導下步向光明。」那人幾近諂媚的說著。

「呵，到時候你也可以如願當上獨羅分設的掌樞。」索拿冷笑。「我會向梵德魯報告這件事，緊記一件事，只要一有蘭可等人的消息，必須先向梵德魯大人報告。」

「是，我會在消息傳達到總帥那兒之前先讓梵德魯大人知道。」

「喂，菲利斯。」索拿的聲音沉了幾分，眼神瞄向四周，落在左邊的角落。「你確定這裡真的沒有其他人？我好像感覺到了靈力的竄動。」

菲利斯立時緊張起來，索拿在這個時候已經大步走向路克與望月藏身的地方，正要斥退結界，腳步聲在這個時候響起。

「夜安，兩位。」熟悉不已的聲音響起，路克登時鬆了一口氣，聽著那人繼續道：「兩位也是突然起了雅興想來找本書閱讀嗎？索拿、菲利斯。」

「總帥大人，我和索拿只是偶遇，我是來這裡幫藍斯掌樞拿一些資料的。」菲利斯不慌不忙的回答，朝突然出現的狐狸總帥躬身然後離去。

狐狸總帥笑眼瞇瞇看向杵在角落的索拿。對方似乎沒有離開的意思，正在和他眼神較量，他絲毫不懼，繼續笑瞇瞇。「索拿，我會不會打擾你借書的雅興？」

「呵，我真佩服你在這個時候還有興致借書，長老會給你一個月的期限，現在已過了十天，你連蘭可的影子也沒找到。」索拿勾出冷笑。

「不必替我擔心，事情總會好轉的。」狐狸總帥聳肩。

「最好是這樣。我也希望你不會因此被撤換。」索拿繼續冷笑，大步越過他身側的時候撂下話。「畢竟沒了總帥這個頭銜，你就不能再囂張下去了，洛廉。」

「放心好了，我會繼續頂著這個頭銜，讓那些想囂張的人同樣無法囂張下去。」

「噢，太過有自信不是一件好事，因為會讓你看不清前方的事實。」

「是嗎？雖然我戴眼鏡，但不代表我的視力不好，前方的路我還看得滿清楚的。」

「呵，那我祝你前路平坦，能夠安然無恙的走下去。」

一說完，噙著冷笑的索拿大步離開。狐狸總帥揉了揉眉頭，吁了一口氣。「呼，還真有火藥味啊，你們也是時候出來了。」

望月這才明白狐狸總帥是特地趕來救他們的。他跟著路克從結界內踏出來，剛剛聽到的那些話已經讓他滿腹狐疑，總帥卻揚手制止了他。

「有什麼事回去之後再說，這裡耳目眾多。」

望月識趣的閉嘴，心中卻在納悶。什麼時候開始引渡人總部開始產生分化了？到底發生了什麼事情？

「你們太魯莽了，要是剛才我遲一步，你們真的會被索拿剁掉。」

這裡是總帥的辦公室，狐狸總帥把他們帶回來之後，直接瞪著二人。

想起剛才的驚險場面，望月揮了一把汗，路克一臉歉意。「對不起，都怪我沒事先知會總帥大人就帶望月進去。」

「噢，原來你也知道應該事先知會我？」總帥白他一眼。

見到路克被責難，望月連忙解圍。「是我堅持要找到臻的資料，路克才會帶我進去。」

「他是琉級，應該比見習的更懂得規矩。」一句話說下來，路克慚愧得抬不起頭，總帥清咳一聲。「罰你去練習室思過一天。」

「是，屬下現在就去。」路克恭謹退下開門出去了。

望月愧疚地道：「我呢？總帥大人。」好端端的路克就被處罰了，明明是他軟硬兼施逼路克帶他去的。

「你很想被罰？行，我通知修蕾看她決定怎麼處罰你——」

「等一下！別、別讓修蕾大人知道這件事！」這樣做會很丟臉，他不想再讓修蕾大人生氣了。

總帥重新坐好，笑了笑。「安啦，其實我是支開路克以方便我們說話。」處罰什麼的是藉口，路克現在可能去找喬或回去睡大頭覺了，單純的金髮少年卻真的相信。

大概知道自己被總帥嘲笑了，望月的眼神微冷，也不轉彎抹角。「總帥大人最近在調查臻的事情嗎？」這是他偷聽回來的消息。

「你很好奇我這麼做的原因？」總帥別具深意的看著他。「換個角度來說，你覺得我不應該調查這件事？」

「……我沒資格說應該不應該這句話吧。」望月悶悶回答。不過在這種緊要關頭，大多數人都會把注意力放在蘭可和即將復活的伊格身上，誰會突然調查起一個去世好幾年的引渡人？

看清楚望月臉上的狐疑表情，總帥往後仰靠。「十三年前，總部頒下殺令，要讓威脅大陸的伊格從此消失。蘭可親眼看著自己心愛的女人死去卻無法挽救，怨恨之下做出許多事情，他召喚七級惡靈只為奪得能夠讓伊格復活的赤色聖環，他害得克羅恩的靈魂離體只為奪得容納伊格靈魂的身軀，他前後花了十三年的時間部署復仇計劃，針對當年所有參與到的人，但是三年半前，他卻是挑上了臻和聿。」

十三年前發生伊格背叛事件的時候，臻和白優聿都是一個孩子，按理來說，臻和聿不可能是蘭可復仇的對象。

望月隱約猜出這一點。「所以蘭可挑上臻和白優聿是別有原因？」

「沒錯。」的確別有原因，那個原因狐狸總帥早就心知肚明，但現在還不是向望月明言的時候。「蘭可繼承的是雲鯉之神的聲音，他的聲音是絕對的，由他嘴裡發出的催眠也是絕對的。我認為蘭可當時想催眠的是白優聿，臻只不過是倒楣的替死鬼。」

望月瞠目，狐狸總帥壓低聲量。「要是當年被催眠的是白優聿，你可以想像得到後果會有多不堪設想。」

聖示之痕的力量啊……望月贊同的點了一下頭。

「等一等，臻當年被催眠之後陷入大暴走，所以被白優聿錯手殺了？」望月記起之前聽說的那句話，迅速做了一個聯想。

「他不曾告訴你那件事？」總帥挑眉。

「他對路克提過，那個時候他以為我昏迷了。」望月搖了搖頭。實際上他沒問，白優聿也不提，沒人喜歡自揭傷疤的。到最後他只能憑著聽來的線索拼湊出當年的畫面。

「總帥大人，我知道我不應該多問，但我很想知道你調查得來的結果。」望月鼓起勇氣問著。他看得出這件事的不簡單。

狐狸總帥打量他，似乎在忖著，好一下才問。「給我一個理由。」

「因為白優聿一定不會對我說起這些事，為防以後出現突發狀況讓人措手不及，我覺得現在掌握比較多資料是件好事。」

「是這樣啊。」這小子還真能說。狐狸總帥拋出一個問題。「如果以後他出事，你會甩下他不管嗎？」

「不會。」他才不是這樣的人。

「把你拖累得半死也不要緊？」

「是。」不過事情完結之後他會痛扁白爛人一頓。

「很好，這就行了。知不知道調查結果並不會對你和聿產生影響。」小子的答案讓他滿意，希望小子會遵守諾言吧。

「那麼索拿呢？菲利斯？還有前一任總帥梵德魯大人？」望月沒有忘記自己在資料中心聽到的那些話。

這些人一定在策劃某些東西，狐狸總帥似乎成了他們針對的對象。

狐狸總帥伸手拍了一下望月的肩膀。「聽我的，那些事情交給我們去煩，你現在該做的是儘快和聿練成心靈共鳴。」

「白優聿失蹤了。」他人在哪裡都不知道呢。望月有些無奈。

「去找他吧！他在……」狐狸總帥似乎看穿少年的想法，說了一個地方。

夜裡，寂靜無聲。

白優聿坐在屋頂上，仰望暗夜星辰的光耀，心底不勝唏噓。

這裡是總部最偏遠的練習室，屬於狐狸總帥的私人練習場所。以前他常被狐狸總帥關在這裡練習，練得興起的時候他連外面是黑夜白天也分不清，這個時候臻總會帶著他最喜歡的小點心過來探望，讓他吃飽後再練習。

真是一個充滿回憶的地方啊。

他扯出一抹苦笑，他大概會一輩子記掛這個女人吧。在波蘭多城的梅亞阿姨也是這般想念臻嗎？

白優聿望著天際的星辰，突然有一種想回家去探望視為母親的梅亞阿姨。

只可惜他這一趟過來沒見到小莎，小莎聽說去了另外一個地方去蒐集情報，不然他可以約小莎一起回老家。

仔細一想，他這趟回來的目的並不是探親，而是查清楚那段預言。

結果呢？白優聿想到狐狸總帥對自己說過的那番話，神情變得凝重，甚至帶些哀傷。

——好好想一想，觸碰到真相之後，你有沒有坦然面對真相的勇氣和能力。

去他的。

白優聿緩緩收拳，再次仰望星空，有些事情即使再怎麼難以決定，最後還是得做出抉擇，但在他做出抉擇之前，他也許還有丁點的時間去完成他掛心的事情。

完成掛心的事情之後，他就可以明確的做出選擇。

他撫上自己左邊脖子上的封印，眼神逐漸變得堅定。

「白大人，您有一位客人。」一個舉止優雅的女人走出屋外，朝屋頂上的他說著。

女人是美娜，從很久以前開始就待在這裡做事，以前就對白優聿照顧有加，二人交情頗深，剛才看到許久不見的人出現時還忍不住熱淚盈眶。

「客人？」白優聿好奇的探頭。

金髮少年剛好也在這個時候仰頭，二人打了一個照面，白優聿露出驚訝的表情，隨即頭皮開始發麻。

臭臉的怎麼可能找來這個地方？想起自己的不辭而別，白某人大概想像得到少年待會兒會請出冥銀之蝶來肢解他……

「嗨，望月，你來了——」他連忙擠出最好看的笑容，主動打破沉默。

「你找死！」

一個大掌招呼上他的後腦勺，痛得白某人齜牙咧嘴，金髮少年咬牙逼前，最熟悉的憤怒表情出現。「一聲不吭走來這個地方？存心給我添麻煩是不是？要是修蕾大人要我們一起回去見她，我要上哪兒去找你？白爛人！」

白優聿只是傻笑，摸著還在痛的後腦。不久之前，他很討厭少年這種說話的語氣和態度，但不知什麼時候開始，他聽出了少年話中的擔心和關切，也清楚少年的心不如外表冷漠。

「你笑什麼？」被激怒的某少年開始轉動手腕筋骨，發出可怕的警告。

「沒有啊，只是在想我們很有緣，你隨便逛一逛也可以找到我。」他說出明顯討打的話。

少年果然惱了，大拳掄了過來，但剛要揮上鼻梁的時候止住，他看到少年露出一絲古怪的表情，然後狠狠瞪他一眼，逕自走到不遠處坐了下來。

白優聿覺得有些奇怪，思忖該不該問個清楚，望月已經自行開口：「路克帶我去見了總帥大人，是他告訴我你在這裡。」

白優聿應了一聲。這一下他明白了少年怎麼找來這個偏遠的練習室。

「你……獨自來到總部是有事要辦？」

沒料到少年單刀直入問話，白優聿支吾了一下。「來找狐狸總帥瞭解一些事情。」

少年瞪了過來，不知是因為他有問題的稱呼還是他的答案有些敷衍，瞪了一下才說。「什麼事？」

白優聿苦笑，他本來打算辦完私事之後再回去找人，少年的陡然出現稍微打亂了他的腳步，他正思索著該怎麼解釋，少年默默看著他的猶豫，突然冒出一句。

「那些事情，我不能夠知道嗎？白優聿。」

白優聿一怔，望月鮮少連名帶姓喊他名字，這表示少年是認真了。

他明白少年的想法。但有些事情他不能說，說了只會讓人徒增傷悲而已，隨口笑說，「你什麼時候開始對我產生興趣？以前你常說就算我死了也不關你事——」

「你不是一個擅長掩飾的人，眼神往往出賣了你。」望月白他一眼。「就算你故作輕鬆，別人還是看得出你心事重重。」

被說中的白優聿語塞，望月瞪著他好半晌，這才輕嘆一聲。「算了吧，等到你想說的時候再說。」

「……謝謝。」道謝好像有些奇怪，可是白優聿也不知該如何接口才對。

少年睨他一眼，沒有遺漏掉他的哀傷神情，沉默了一下，微冷的指尖突然戳向他左邊脖子封印的所在，白優聿訝然的看過去。

少年淡然卻篤定的道：「我不會怕他的。」

白優聿知道他在說自己的封印，眼神頓時黯了幾分。

少年有時候精明得可怕，大概是跟在修蕾身旁太久了。

「他救過我，也救過你。雖然他曾讓你失去很重要的人，但那不是你想的。」望月淡淡說著。

少年知道了。雖然他不曾提及臻是如何過世，但少年不是一個笨人，一下子就推敲出來了。

「……但他並不是你所想像的那麼善良。」白優聿握了握拳。

少年決計猜想不到在伊格的預言中，聖示之痕扮演了什麼角色。

「我認識他的主人，他的主人是一個善良的人，那就夠了。」少年瞄他一眼。

「噢?他的主人除了善良之外，還天下無敵的帥氣……」他自我調侃一下緩解氣氛，卻被少年開口打斷。

「所以，我相信他。」

白優聿完全愣住，彷彿聽到了天方夜譚。望月看著他。「總帥要我們儘快練成心靈共鳴，其他的事交由他處理。你應該看得出有某些事情正在發生。」白優聿就是因為清楚這一點才獨自找上總帥不是嗎？

要練成心靈共鳴，必須完成呼喚和承接兩大條件。這兩個條件他們都辦到了，剩下的僅是心意互通和互相信任。

信任到願意把性命交托在對方手上的程度。

這不是容易的事，但也不是辦不到的事。如果在認識之始要他相信這個男人，他會直接嗤之以鼻，但時間久了，那份信任油然而生，相信不再是辦不到的事。

現在只差一步。

白優聿卻在這個時候給他露出一個猶豫的表情，望月瞪著黑髮男子，對方苦笑。「目前情況的確不太好，但我們總該找一個導師才能練成心靈共鳴吧？」

望月蹙眉沉思了一下，站起。「沒問題，我們回去找修蕾大人。」修蕾大人一定有辦法，他不能勞煩總帥，因為對方已經有太多心煩的事情。

「呃……可是我還有一件事要處理。」

「什麼事？」又是不能說的嗎？望月擰緊眉。他怎麼覺得白優聿好像對練成心靈共鳴一事不再熱衷？

「在這之前，我想回去老家……我的意思是臻的家，探望一下梅亞阿姨。」

望月打量他，很快決定了。「我跟你去，順道拜訪一下米露費斯家的前輩。」

白優聿露出一絲為難的表情，但一閃即逝，沒說什麼的點了點頭。

望月盯著對方的側臉，隱約察覺到對方的不妥。

如果白優聿堅持不說，他不會追問，等到哪一天對方想通了，想說了，他會一如此刻這般坐在對方身邊默默聆聽。
因為這個男人是他的拍檔。

CH3 親人與羈絆

很累喔。

美麗的少女拭去額頭的汗珠，滿意的拍去手上的泥塵，她剛好在庭院內栽植了一百棵茶花樹，只要悉心照料，她相信伊格大人甦醒之後不久就可以看到滿庭的茶花了。

蘭可大人說過伊格大人最喜歡茶花。茶花的花語是真情，象徵蘭可大人對伊格大人至死不渝的愛。

想到這裡，莉雅不禁回首看向身後那棟別墅二樓最尾端的臥室。

蘭可大人躲在裡面已經七天了，一步也沒踏出房門，能夠進去的人只有琰琰和澤拉。每當她問起二人蘭可大人的狀況，琰琰會笑著要她別擔心，那個神祕的澤拉則一聲不吭就這樣走開。

說實在的，她不喜歡澤拉。這個不知打從哪兒冒出來的人總是一副冷漠的樣子，而且除了在蘭可大人面前，不然這人從不開口說話，她和青佐一開始還以為這人是啞巴。

但既然蘭可大人收留了對方，為了不讓蘭可大人難做，她和青佐也識趣的減少和那人接觸避免產生磨擦。

少女再次嘆息，看著別墅的方向出神，連身後什麼時候多了一個人也察覺不到。

「種花？挺有雅興嘛妳。」戴著墨鏡的高大男子走來，他嗅了一下，聞出了土壤和花樹的氣息。

少女驚喜回頭。「琰琰！你回來了！有沒有消息？」

「進去再說。」琰揮手示意她跟進去。

大廳內有兩個神情木然的女僕在倒茶，桌面上放了好幾盤精緻的點心，女僕在看見兩位大人回來的時候，同時躬身然後退下。坐在餐桌前準備吃點心的青佐一看到二人，連忙站起喊了一聲。「琰大人、莉雅大人。」

「哇，太好了，茶點準備好了！」莉雅高興的坐下，晃著腳丫子。「想不到蘭可大人變出來的式神挺好用的，十五分鐘就可以把一切準備好！」

「貌似也有做點心的天分。」聞到點心香氣的琰也坐下。

自從上次成功回收伊格的執念之後，蘭可大人帶領他們搬出了蝸居多年的下水道。青佐以商人的身分買下了這棟別墅，成為他們一群人的祕密基地。為了準備伊格復活的儀式，蘭可大人在遷入別墅之後就禁止大家的外出，僅是讓琰出去打探消息，其他人悶守在這裡少說已有一個月。

「琰大人，有消息了嗎？」青佐等人坐好，立即就問。

「暫時沒有。」

聽到這裡，聚精會神聆聽的二人頓時洩氣。

「難道教廷和引渡人決定要掩蓋事實，不打算採取行動？」青佐蹙緊眉頭。

事情不如他們想像的發展，的確讓人有些氣餒。

莉雅拖腮，同樣露出苦惱的表情。「按理來說，教廷的人證實了預言中提及的那人身分，他們沒理由不展開行動啊。」

「我們需要暗中出手嗎？」青佐認真的問。

「是啊，琰琰，我贊同青佐的話。」莉雅也頷首。

悠閒喝茶的琰放下茶杯，笑了笑。「別急，蘭可大人說了，無論外面發生什麼事，我們都要按兵不動。」

「什麼時候才可以動手啊……」青佐比較想知道這一點。被關在這裡他快要悶死了。

「還不是動手的時候。」知道二人心急的原因，琰沉聲道：「這一次是最關鍵性的反擊，在蘭可大人尚未下令之前，我們誰也別亂來。」

這一次關係著蘭可和伊格的未來，能不能夠反敗為勝就要看這一次了。太過心急的前進反而會拖緩計劃的腳步。

「是，琰大人。」青佐正色回答。

「莉雅倒覺得命運這一次是站在我們這一邊。」少女揚起笑容。「一切已經按照伊格大人當年遺下的預言在進行，我們遲早能夠取得勝利。」

青佐的臉上同樣充滿期待。

「你們明白就好。暫時在這裡休息，準備好之後，我們將有一場大戰。」琰頷首，似有若無的抬頭，剛好迎上站在樓梯上默不作聲的那個人。「我先上去了，這些茶點你們慢用。」

他還要去見一見蘭可大人，順便給某人放個話。

「澤拉，裡面的情況如何？」琰已經拾步走上樓梯，來到那人面前。

那人穿著密不透風的黑色長袍、戴上黑色面紗，只露出一雙眼睛，眼神裡頭有著一貫的深沉。

「你可以自己去看。」澤拉以低啞的嗓子回答，眼角也不瞄對方一下。

他站在這兒不久，但已經足以聽到樓下三人的對話。

……等待的那一天終究要來臨了嗎？

「當然。只不過想順帶跟你打個招呼而已。」琰聳肩。

「哼。」澤拉冷笑，男人低語了一句話之後就邁開步子走向蘭可所在的臥室。

希望蘭可大人沒有錯信你，澤拉。

那個戴著墨鏡的男人經過他身邊的時候低語了這番話。澤拉的眼睛微微瞇起，看向男人離去的方向。

湛藍色的瞳眸中閃過一絲異樣，但隨即他變回原樣，回身大步走向自己的臥室。

波蘭多城

「來，嘗一嘗，這是我今早剛採購回來的茶葉。」

偌大的客廳內，望月坐在皮質沙發上，一杯茶端了上來，茶香四溢，梅亞阿姨親切招待家裡的稀客，一旁的白優聿早已捧起杯子，露出孩子般歡欣的笑容。

「梅亞阿姨最拿手的本事就是泡茶，還有烤點心。」白優聿喝著許久未嘗試的好滋味，笑得眼睛也瞇成一條線。

望月點了點頭，不禁打量著這個傳說中的人物。

半個小時前，白優聿帶著他來到米露費斯的老家。白優聿站在門口足足猶豫了五分鐘，這才鼓起勇氣敲門。

出現在門口的是一個擁有深褐髮色和湛藍眼瞳的婦人，迎上他倆的時候，婦人驚詫不已，隨即二話不說擁抱了以為一輩子也不會再見的兒子。

他默默看著同樣激動的母子倆，有那麼一瞬間，他好像看到了自己和母親相處時候的影子。

幸好白優聿回來了，要是放棄了和梅亞阿姨之間的親情，一定會一輩子後悔。

梅亞・米露費斯是米露費斯家族的現任首領，其夫是前一任獨羅組的掌樞，意外逝世之後，身為獨羅組副掌樞的梅亞退出了總部回到老家獨立撫養兩個女兒，不久之後收養了白優聿，一家三口樂也融融的渡過了許多年。

後來，大女兒臻・米露費斯當上了墨級引渡人，白優聿也成了臻的搭檔，老家只剩下她和小女兒莎・米露費斯相依為命。自從前年小莎成為獨羅組一員之後，梅亞就一個人留在波蘭多城老家度日。

望月沒想到當年被譽為獨羅組最強情報員的梅亞，竟然長得如同鄰家媽媽般親切。白優聿在她的照顧之下應該也渡過了一個幸福快樂的童年吧，望月睨了過去。

黑髮男子嘴角噙著他不曾見過的歡欣笑意，雖然對方在梅亞面前沒提及過去的事，但他看得出對方心底的激動。

他一直很想回家，只是缺乏了面對的勇氣，現在他的勇氣總算回來了。

「望月先生，我聽小莎說了。謝謝你這些日子以來對聿照顧有加。」梅亞在二人面前坐下。

「梅亞前輩客氣了，我也是承蒙他照顧。」望月客氣的回話。

「是啊，他沒什麼照顧我啦，欺負我倒是有的。」白優聿聳肩，成功換來少年一瞪。

「沒禮貌。」梅亞笑罵一句，看著望月。「別介意，阿姨知道自家小孩有多難搞，他一定給你添了許多麻煩，這一趟你一定要留下多住幾天，阿姨今晚準備一頓豐盛的答謝你。」

「呃，不必客氣，我也沒什麼……」

「對了，我現在去整理一下客房，坐了一天的火車你一定累了，先去休息，之後就可以開飯了。」

「梅亞前輩……」

望月有些反應不過來，梅亞已經去忙著打點了。他實在不好意思，對梅亞的熱情很沒轍，只好瞅著某個黑髮男子。

「梅亞阿姨很好客，她難得有機會大顯身手，你就由著她吧。」老實說，白優聿還真懷念這種時光，以前逢有客人到訪，他們三個小的就會幫著梅亞阿姨忙出忙進。

現在，物是人非了，想著就有些傷感。

「我上去幫忙一下，你自便。飲料在廚房，餓了就在廚房櫃子裡找零食，別亂跑就是了。」大概是想和梅亞單獨說話的白優聿也打算上樓了。

「你當我是小孩子？」望月老實不客氣瞪他。

「哪敢，你是望月大人耶！」白優聿經過的時候按了一下他的頭，隨即轉身上樓。

望月蹙起眉頭，摸了摸自己的頭。

什麼時候開始，對方這個動作變得如此自然了？而且他剛才竟然沒一絲的不快。彷彿連他也覺得對方這麼做再自然不過了，望月不禁露出困惑的表情。

他不習慣被人熱情招待，因為他獨來獨往慣了，以前和他搭檔的學長們都知道他孤僻成性，所以除了出任務之外，幾乎都不跟自己有來往，他當然也樂得單獨一人的感覺。

直到白優聿的出現，這個奇怪的人不僅變成自己的室友，還成了搭檔。

這半年來的相處，友誼一點一滴的累積，他也從排斥外人的接近改變成接受這個搭檔，甚至習慣了對方的說話方式和相處模式。

——接受是信任的根本，依賴是搭檔的基礎。修蕾大人很久之前跟他說過這句話。

以前不明白這句話的意思，但現在他似乎逐漸地領悟了。

他以前的搭檔們都是實力和他相差不遠的學長，出任務的時候他絲毫不必擔心對方的安危，同樣的對方也不曾擔心他的，他們只是以一組人的方式各自完成任務。

那個時候他還以為這就是所謂的搭檔。一同出任務，一同取得勝利，就是搭檔的要點。

白優聿卻讓他知道了搭檔背後更深層的意義，一同出任務，彼此扶持，就算不能取得勝利，也要確保對方能夠和自己一同安然回來，這才是搭檔的要旨。

在他被伊格執念纏身的時候，是白優聿給了他希望，對方讓他看到堅持守護拍檔的精神。

大概是因為這個原因，他才會跟著白優聿來到這裡，他想和夥伴一起面對過去。

他開始明白修蕾大人安排他和白爛人搭檔的原因了。

望月斂下眉，嘴角微微揚起一個弧度。

樓上突然傳來一陣輕微的啜泣聲，望月好奇之下輕輕拾步上樓，剛好看到房間內白優聿擁抱梅亞，一臉哀傷又歉然的表情，梅亞哭得說不出話來，同樣緊緊擁抱好不容易才願意回家的兒子。

望月悄然退了下去，他知道白優聿肯定是向梅亞道歉了，同樣失去至親的二人唯有擁抱彼此才能夠得到安慰。

鬱積在心中多年的歉意與悔意說出來之後，也許他真的能夠放下。

夜，悄然降臨，餐桌上多了好幾道香噴噴的菜餚，還有一碗熱騰騰的湯。

三個人圍在餐桌上開動，望月顯得有些彆扭，但在梅亞的熱情招待之下，他也吃了不少，後來白優聿不知從哪裡搬出一瓶酒，三人就這樣對飲起來。

沒想到白優聿長得人高個頭壯，只是喝了幾杯就一臉通紅，醉醺醺的趴倒在餐桌上，最後還要靠望月拖著對方上樓，扔他在床上沒多久就睡死過去了。

「靠，你不是說自己常泡夜店把妹的嗎？怎麼喝幾杯就變這樣子了？」

望月一邊小聲埋怨，一邊關上他的房門，這才下樓打算幫忙梅亞收拾殘局。

梅亞已經把餐桌收拾好了，剛好端著熱茶出來。「望月，來，喝一喝解酒茶。」

「謝謝。」他接過，可是沒喝，基本上他剛才只喝了兩杯，沒什麼醉意。

倒是沒用的白爛人醉得像一灘爛泥。

「聽說，你就要提前畢業了？」梅亞湊前來。

「是的，如果一切順利的話。」大概是因為一整天下來的相處讓他覺得這位阿姨很親切，所以他的話也多了。「理事長修蕾大人已經寫了推薦信給總部的淵鳴，只要淵鳴有回覆了，明年的春天應該就會畢業。」

淵鳴負責所有引渡人的昇降和紀律，理事長寫信推薦某人提前畢業成為執牌引渡人，淵鳴會和總帥作出商量之後發出某人正式畢業的公函。

「明年春天啊……也不久了吧。」

「是的。」

「聿知道嗎？」

望月微蹙眉。其實他沒對白優聿說起這件事。「他不知道。」自己提前畢業之後，白優聿會繼續留在學園還是另有打算，他也不知道。

他們誰也沒說以後的事，現在的事情都還沒有解決呢。

「聿是一個很讓人頭痛的搭檔吧？」梅亞微笑看著少年，少年的沉默不語讓她的笑意加深。「小時候，他也是一個讓人頭痛的小孩。剛剛來到這裡的時候，他相當孤僻，只肯跟臻說話，他對臻很好，在她的面前他總是特別活潑開朗，臻說的話他沒有不聽從的，大概也是這樣的原因，總帥大人才會安排他和臻成為搭檔，這兩個出色的孩子是我的驕傲，只可惜一個走了，另一個也隨著萎靡不振。」

梅亞臉上盡是緬懷的暖色，語氣隱隱透著感傷，望月也明白她失去女兒的心情。「白優聿現在回來了。」他能說出的安慰只有這一句。

「是啊。那是因為你的幫助。」梅亞投來感激的眼神。

望月有些不好意思，清咳一聲。「那是總帥大人和修蕾大人的安排，我沒幫過什麼。」想當初他一萬個不願意和白爛人搭檔。

「我看得出聿很信賴你，這份信賴不是輕易換來的。」她知道望月和聿經歷了什麼，淡笑看過去。「所以，是你讓他重新振作了。」

望月勾勾嘴角。「是他沒放棄自己。」

梅亞也是笑了，二人沉默了一下，梅亞再次開口：「你們接下來打算怎麼做？」她已經從小莎口中得知當年蘭可、聿和臻之間的恩怨。

聿不可能向她提起自己的計劃，她隱約覺得這個孩子這次回來是為了道別，擔心之下她決定找上望月問個明白。

「我和他會先回去梵杉學園找修蕾大人，然後等總部的命令。」他們必須在這段時間內練成心靈共鳴才能夠對付蘭可。

接下來就是一場硬戰。望月的表情變得凝重。

「答應我，你們要平安回來。」梅亞雖然依舊微笑，聲音卻有些哽咽。「那個孩子還在自責，對上蘭可他會不顧一切的，甚至付出性命也不在乎，我不想再失去一個孩子。」

這是作為母親的愛意嗎？望月不禁想起自己已逝的母親，握了握拳。「放心，我們不是一個人作戰。無論發生什麼事，我一定會把他帶回來。」

梅亞感激含淚看著他。她相信少年會遵守這份承諾。

「時候不早了，我先進去。你也早點休息。」拭去眼角的淚水，梅亞拍了拍他的肩膀，這才轉身走進去。

望月看著窗外的皎潔月色，深深一嘆。

這個無用的白爛人到底在想著什麼？連梅亞阿姨也察覺到他的不妥了。他最好別瞞著大家作出某些危險舉動，不然他一定不會放過對方。

時候也不早了，望月決定好好睡上一覺，明天再審問白優聿。上了樓梯，他發現白優聿的房門竟然敞開了。

「喂，你不是睡死了……」望月邊推開門邊說。

黑髮男子背對他，整個人蹲坐在窗臺處，並沒有理會人，望月微覺奇怪，黑髮男子偏首看過來，冷漠的眼神迎上自己的目光。

陌生的表情，森冷的眸光，還有解開封印之後特有的異色雙瞳。白優聿默不作聲盯視他，左邊脖子上的雙十字封印特別顯眼，但不同一般的，封印之色變得赤紅，在月色下看起來特別詭異。

「……白優聿？」望月心頭一震，試探性的喚他。

「你在叫誰啊？」白優聿的聲音比較低沉。

「你是誰？」望月立時察覺他的不妥。

「我就是我，你不認識的那個我。」

對方嘴角一勾，笑得詭異而深沉，不等他大步衝上，男子已經縱身躍出窗外。

「白優聿！」望月大叫。

CH4

淵鳴的審判

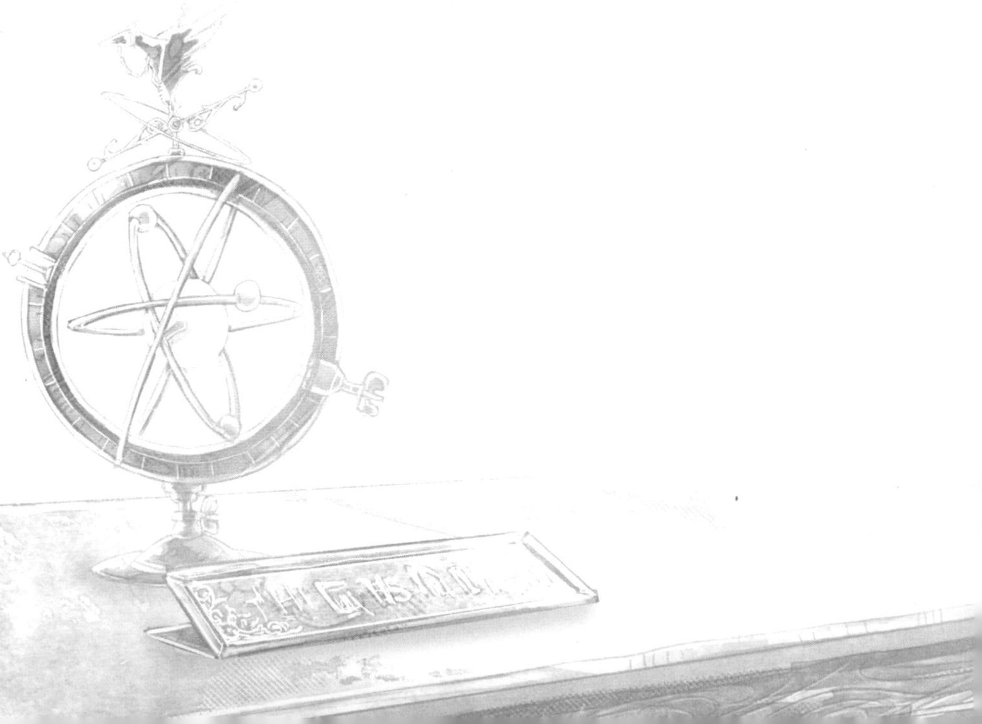

他坐在崖邊，山上的冷風颳起，冷得刺骨，凍得他雙頰也生疼了。

「這裡就是你的地方？」他回首，準確迎上身後悄然出現的白色影子。

那人背光走來，看不清輪廓長相，依稀是個男人。

「下次別約在這裡見面，起碼找個舒服的地方坐下來喝杯茶再談。」他逕自說著。

那人站在他背後默然不語，他深嘆一聲，站了起來，指向對面。

是時候直接入正題了。「彼岸嗎？」

那人頷首，突然想起他背對自己看不到，只好開口：「沒錯。」

他微笑回首。「喂，我好像是第一次聽到你說話。」

「你不拒絕的話，你可以聽得到。」

「拒絕啊……」他的笑容微斂，正視那人。「不會了，接下來我要把自己的心交托給你。」

「是。」

那人點頭的同時，一道碗口般粗的鐵鏈由這一方延伸過去，連接了遠處的崖邊。「目的地就在彼岸，可是，你考慮好了？」

「雖然是第一次見面，不過你應該清楚我的心意。」

「可能會回不來，你知道的。」

「我知道。」他聳肩。「但有他在，我一定能夠回來。」

那人不再多話，伸手在他後背一按，一團金色光芒握在手中。他含笑點頭以示感激，往前跨出一步，踏上了鐵鏈。

彼岸，是他選擇前往的方向——

「白優聿！」

白優聿聽到少年熟悉的呼喚，一睜開眼睛，少年已經站在他床頭。

「天亮了，吃早餐嗎……哎喲！」迷迷糊糊要起身的白某人被一股力量壓倒，金髮少年大手緊緊按住他的肩膀，湊前以雷厲的眼神瞪他，比平日多了幾分的戒備。

他的睡意全消了，同樣瞠大眼睛看著對方。

盯視了他好一下，少年這才鬆懈下來，放開手讓他坐起。

「什麼事啊？一副要殺人的樣子。」

「昨晚發生的事情，你不記得了？」望月瞪著他。

「昨晚……」白優聿揉著髮絲，努力回想。「我喝醉了，好像被人扛回床上，然後不記得了。」

有誰會記得喝醉之後發生的事情啊？他好奇了。「昨晚發生什麼事？」

望月的表情看起來有些困惑，猶豫了一下，他沒把事情說出來。「你醉得昏頭，要從窗臺處跳下。」

白優聿啊了一聲，吐舌。「要命了，我以前酒量很好的說，好在沒讓梅亞阿姨瞧見，不然會被她罵死。」

望月沒有回話，只是微蹙眉頭，房門打開了，梅亞阿姨這個時候探頭進來。「我有沒有打擾到你們？早餐準備好了。」

「當然沒有！謝謝梅亞阿姨！」白優聿跳下床來，先給梅亞一個擁抱，然後攬過望月的肩膀。「走，下樓吃幸福的早餐咯！」

「你不漱洗的話別和我們同桌。」望月冷睨他一眼，白某人一邊嚷著給我五分鐘一邊衝進浴室。

梅亞的笑容微斂，以憂心忡忡的眼神看向望月。

望月一臉凝重的開口：「他不記得。昨晚出現的……不是白優聿。」

昨晚，解開封印的白優聿從窗臺處躍下，望月的嚷聲驚動了梅亞，二人一起追出，腳力較快的望月追上了白優聿，沒想到對方一言不發就開打。

平時身手笨拙的白優聿出手奇快，打得望月幾乎無法招架。雖然對方沒有釋出封印的力量，望月卻無法以拳腳制衡。

對方認不出他是誰，更聽不到他和梅亞的疾聲呼喚，僅是一味攻擊，眼神陰狠，封印呈現詭異的赤紅之色，看得望月心驚。

這個人不是白優聿，也不是被聖示之痕附身之後的白優聿，少年完全沒看過這個樣子的白優聿，像是著了魔般出手，不等到對手倒下誓不停手。

他節節敗退，對方的每一招既快又狠，無法招架之下唯有轉身逃開。白優聿緊追在後，直到二人來到市區大街的大鐘樓前。

就在危急的時候，時間正好是午夜十二點，古老的鐘聲敲響，正要發動攻擊的白優聿停下了動作，出乎意料的昏厥在地。

望月確認他僅是昏厥過去之後才鬆了一口氣，卻也不敢掉以輕心，一回到家就和梅亞聯手以結界困住白優聿，看守了一個晚上，直到發現對方有醒轉的跡象，望月才卸去結界。

一如所料的，白優聿並不知道望月和梅亞折騰了一個晚上。

白某人甚至一點印象也沒有。

望月不禁蹙眉，這件事非比尋常，他應該向白優聿坦白說明還是暫且靜觀其變呢？

就昨晚的情形看來，白優聿是在失去自我意識下發動攻擊的，把他留在這裡會很危險。

他必須儘快帶著白優聿回學園一趟，請示過修蕾大人之後再決定怎麼做。

「喂！」一股痛意襲來，望月咬牙瞪向重重一拍自己手臂的某人，他右臂昨晚被某人踹得一大片瘀紫，傷處到現在還發麻呢。他忍下想殺某人的衝動。「你再有下次就死定了！」

白某人高舉雙手，一臉無辜。「我前後叫了你四次都沒反應，還以為你睡著了。」

「睡你的頭！有早餐就吃啊你，多事！」望月怒狠狠一瞪。

「吃就吃，有人的間歇性焦躁症又發作了……」白某人低喃，一邊用著梅亞準備的愛心早餐，在望月要掄拳過來的時候笑瞇了眼。「梅亞阿姨，妳的早餐實在太美味了！」

梅亞微笑回應，卻看了一眼默不作聲的望月。白優聿微覺奇怪，也跟著看過去。「梅亞阿姨，有什麼事嗎？」

「沒。我只是在想你們什麼時候會走？」梅亞找了一個蹩腳的理由。

「沒那麼快——」

「今天下午。」

白優聿攤手。「望月，我們不是說好要逗留三天的嗎？」今天才第二天的說。

「不能，因為有突發事故。」望月冷冷回話。

「突發事故？」白優聿挑高眉。「總部有消息了？」

「不，而是……」望月想了一個藉口。「修蕾大人要我們回去了。」

「我才不管那個不男不女的，我堅持要留下！」

「由不得你拒絕。」

「那好啊，你直接敲暈我拖我回去。」

望月一臉憤怒的站起，梅亞連忙拉住他，幫忙勸說：「聿，說不定理事長真的有急事要召見你們，等事情辦妥之後，你還可以回來啊！」

「他不會有這個機會了。」

近似呢喃的話逸出，梅亞和望月一怔，望月揪過他。「你說什麼？」

「什麼什麼啊？」白優聿露出一臉困惑的表情。

「你剛才說的那句話！」

「我說把我敲暈拖回去！」

「不是這一句！白爛人，下一句！」

「還有哪一句？就只是這句話而已！」

剛才那句話「他不會有這個機會了」，白優聿並不是說「我」，而是「他」。彷彿是以第三人的角度來述說這句話，說出這話的人並不是白優聿！

白優聿的意識……難道……

望月瞠目看著認真的白優聿，一旁拉過他的梅亞輕輕顫抖，捂住嘴巴極力忍下心中的激動，輪到白優聿覺得不妥了，一臉凝重看著二人。「你們直接說好了，到底發生了什麼事？」

梅亞搖了搖頭，眼眶已經泛紅，望月盯著他，沉吟了好一下才開口：「昨晚——」

門鈴卻在這個時候響起，望月的話被打斷。梅亞連忙去開門，站在門前的是一個頂著光頭的男人。

「日安，請問白優聿在嗎？」來者是墨級引渡人索拿。

「你們沒權力帶走他！」金髮少年拍案站起，聽了這一行人道明來意之後，他再也抑制不住心底的怒意，憤怒反駁。「白優聿並沒有犯錯！淵鳴的人憑什麼要拘捕他？」

淵鳴的人負責管理所有引渡人的紀律，他們的出現已經讓人覺得大惑不解了，而且動用到「即刻拘捕」這個命令，活像白優聿是一個重犯！

白優聿壓根兒什麼也沒做！

負責帶領拘捕隊伍的人是索拿，光頭男人睨一眼憤怒的少年，冷哼：「這是總部長老會的最終決定，別忘記你的身分，見習者望月。」

望月咬牙握拳，梅亞也忍不住站了起來。「索拿，這其中必然有誤會，請讓我們一起回去找總帥說個明白，好好解開誤會——」

「前獨羅組副掌樞梅亞。」索拿止住她的話語，揚手示意跟著他一起來的淵鳴執行隊伍準備。「妳聽到的，這是長老會的最終決定，白優聿必須跟隨我們回去接受淵鳴的審判。」

梅亞的臉色頓時煞白，顫著聲音。「……這是淵鳴的審判？」

「是，就連那位德高望重的總帥大人也推翻不了的最高指令。」索拿嘴角難掩得逞的笑意。

望月看了就火大，他雖然不知道淵鳴的審判代表什麼意思，但他說什麼也不會讓白優聿含冤莫白被拘捕！「不管如何，白優聿沒犯錯！你們不能拘捕他！」

「你的意思是拒捕？望月，這樣的話你也有罪。」索拿涼笑。

「我——」

鮮少衝動憤怒的少年被拉過，沉默多時的黑髮男子站了起來，制止少年再說。他看著得意洋洋的索拿。「這是總部的命令？」

「拘捕令在這裡。」索拿一揚手，身後的其中一員拿出一個白色信封。

白色信封背面烙下金色的引渡人徽章，這是他最熟悉的——直接來自總帥的命令。

這麼說來，那隻狐狸也是盡力了，限期比他想像中來得快。

白優聿微哂，收下信封。「好，我跟你們回去。」

「白優聿！」

「聿！」

望月和梅亞幾乎同時喊著自己的名字，二人露出驚詫的表情，白優聿擺了擺手，心頭充滿酸楚，「你們都別插手，我不希望你們被牽連。」

「什麼叫做被牽連？白爛人你根本沒犯錯，怎麼會牽連到我們？」望月揪過他。

「我知道。」白優聿的眼神有些複雜，按住望月的肩膀。「以後幫我照顧好梅亞阿姨和小莎，謝謝。」他不想解釋太多。

望月愣住，對方活像託孤的表情讓他說不出話來。一愣間，白優聿已經走出門口，索拿冷笑著跟上。

這是什麼意思？望月疾步追上，不顧索拿的喝止，攔下白優聿。

「我跟你一起去。」少年說得斬釘截鐵。「我已經決定了。」

白優聿看著他，一臉不贊同卻又無可奈何。他知道他說服不了固執的少年。

倒是索拿冷笑開口：「就算讓你同行也無妨，諒你也救不走白優聿。」

望月深吸一口氣，忍住了，他朝擔心的梅亞點頭示意，跟隨大隊走出門口。

這件事，他一定要搞清楚。

「你早就料到淵鳴會出現。」

點燃一根菸，叼在嘴裡，索拿斜倚在牆壁上，邊吐煙圈邊睨向牢中的黑髮男子。

昏暗潮濕的地下室只有幾盞小燈，這裡是淵鳴所設的牢獄，所有犯錯的引渡人都被關在這裡等待責罰或是直接囚禁。

白優聿屬於前者，總部只是下令要將他暫時收押在淵鳴的地下牢獄，以等待高層下一步的決策，索拿把人帶來這裡之後，特地留下來與牢中人說話。

他的出現並沒有讓白優聿驚訝，黑髮男子彷彿料到淵鳴的拘捕，坦然接受了安排，反倒是對方的拍檔望月表現得激動。

「坦白說，我很失望。」他以為可以看到白優聿陷入驚措無助的表情。

「抱歉讓你失望了。」坐在角落的白優聿動彈了一下，腳鐐發出噹啷聲響。

這裡既然是囚禁引渡人的牢獄，所用的腳鐐也不簡單，能夠壓制引渡人的靈力，被囚禁者一如沒有靈力和封印的平常人。

「不要緊，反正你是在淵鳴審判下被拘捕的人，最終的結果應該不會讓我有太多的失望。」索拿勾起嘴角，盡是嘲諷。

白優聿揉了揉眉頭，往後仰靠。「喏，索拿，說說看，我以前是怎麼得罪你的？」不然這個禿頭為什麼老是針對自己？

「以前的你雖然很踐，不過這不是主因。」索拿吸氣，吐了一個煙圈。「主因是你是洛廉的徒弟。」

這個答案讓白優聿一怔，好半晌他才搖頭苦笑。「我有一種死得很冤枉的感覺，你不喜歡他，乾脆把他做掉就好了，幹嘛要找上我？」

「因為他不容易被做掉。」索拿絲毫不掩飾自己有這個心，邪笑。「對付你，他同樣會受到影響，我何樂不為？」

白優聿凝望他，覺得這種人很有問題。「對付了我，他也不見得會倒下，你同樣得不到你想要的總帥寶座。」

「白優聿，我不會做沒把握的事情。他會為了救你而失誤，這足以拉他下馬。」索拿冷笑。

「長老會是這麼跟你說的？他們早有撤換總帥的決定了？」

「嘿。」索拿站直，盯著牢中男子。「你想套話啊？可惜，我不是那種蠢蛋。」

你早已經是蠢蛋了，白優聿學他冷笑。「你們太可笑了，狐狸總帥是狐狸轉世，精得不得了，怎麼可能會失誤呢？」

「那就要看你值不值得他這麼做，他不是前後保護了你十三年嗎？」索拿眼中有著洞悉一切的光芒，湊前低語：「保全了你這個出現在伊格預言中的禍害。」

白優聿的眸光變冷了，索拿哈哈笑了出聲，要不是對方銬上壓制靈力的腳鐐，對方肯定會對他發動攻擊吧？有趣有趣。

外面在這個時候傳來了腳步聲，索拿斂去笑意。「對了，你的那位搭檔小朋友在外面等得不耐煩，我這就讓他進來看一看你的慘樣。」

語畢，男人在笑聲中離開，白優聿呸了一聲，轉身面對牆壁。

腳步聲逐漸靠近，熟悉的氣息逼近了，來者停在牢門前，白優聿沒有轉身過來的意思。

這個時候他不想見其他人，尤其是這個小子。

「我找到了路克和喬，他們告訴我淵鳴的審判是針對犯下重罪的引渡人進行的最後裁決。」望月現在明白了梅亞阿姨當時的驚愕失措。

這意味著總部的人認定白優聿犯下了重罪。

「在你離開之後，發生了什麼事？」那段他被甩下，白優聿獨自前來總部的時間一定發生了一些事。

白優聿依舊背對他，那份沉默讓少年覺得自己在跟牆壁對話。

「白優聿！」他憤怒的敲著牢門，鐵門發出沉沉的回音。

仍舊沒反應。少年咬牙，沮喪的垂頭，這情況一如當日他不願告訴白優聿他沾染執念的場面，讓人該死的覺得無力。

「……難道我不足以讓你信賴嗎？」少年低聲說出了當日相同的話。

白優聿的肩膀抖動了一下，緩緩轉身過來，腳鐐噹啷作響。「淵鳴的審判，意味著所有的裁決不能駁回或減輕，無論審判結果是什麼，唯一能夠確定的是我將失去引渡人的資格。」

少年握住牢門的手加重了力道，死死盯著他。白優聿知道對方明白他的話，但他還是要說下去。「我們不再是搭檔了，望月。」

「該死！你是不是一早就從總帥那兒得知這件事？」少年怒意張揚一吼。

「不……我只是預料到可能會出現這樣的場面。」他據實以告。

「你預料到？」望月聽出了他話中含意，霍然靈光一閃。「你說有件事需要找總帥求證，就是這件事嗎？到底是為什麼？」

白優聿看著素來不笨的拍檔，有些事情即使不說，少年遲早也會猜到，不如現在說出來更乾脆。「狐狸總帥告訴了我，伊格十三年遺下的預言。」

聽到這個被視為禁忌的名字和預言，望月的表情更是凝重。他親身體驗過伊格執念帶來的傷害，至今想起還是心有餘悸。「預言和你有什麼關係？」

「預言其中一段是這樣的。」白優聿站了起來，邊說邊走向望月。「他終將以背叛光明的身分甦醒，持著雙十字聖痕向世人宣判那滅殺女神之罪並使之復活，屆時世界的真相將被顛覆並步向摧毀。」

望月瞠目看著他，白優聿的臉色煞白，語音顫抖，在在告訴他一件事。

「不可能！絕對不可能！」少年想也不想就否決自己的猜想。

「可能。就因為有這個可能性的存在，所以我必須被囚禁。」白優聿說得坦然。

少年張了張嘴，隨即咬牙扯過他。他任由對方揪著自己，聽著對方一喝。「那僅是預言！不是真實的！就算他們不相信你，你也沒可能去懷疑自己！」更沒可能因此接受荒唐的淵鳴審判！

「可是你和我都知道，伊格的預言從來不假，你感受過她的力量，你否認不了十三年前她的力量有多大，當然也不能否認那段預言的真實性。」白優聿似乎在安慰他，但神情看起來哀傷到了極點。

「這一次就是假的！」少年很堅持，他寧願懷疑女神的力量，也不會懷疑出生入死的夥伴是——

「持有雙十字聖環的背叛光明者，那人就是我。」白優聿打斷他的話。

望月難以置信看著他，怒然一吼。「所以你認了？你打算認命，任由長老會以保護大陸安全為由對你定下審判！就因為一段荒唐的預言！」

白優聿平靜接受少年的怒吼，或許他應該感到高興，少年並沒有像其他人一樣懷疑他，而是選擇相信他。

以前總是覺得信任是難以獲得之物，現在他卻得到了少年的信任。只是……他覺得有些可悲而已。

「我不會相信，路克和喬也不會相信，小莎和梅亞阿姨更不會，總帥和修蕾大人他們一定會有辦法，你等著！我們會把你弄出來！」望月咬牙。

「沒用的，望月。」他苦笑搖頭。「當我是兄弟的話，這一次就別插手，遠離我。」白優聿輕聲說著，他不要淵鳴和長老會把矛頭指向其他人。

「當日我沾染伊格的執念，你不曾放棄我！現在你有事，我能夠不管嗎？」

「那是另當別論。」

望月再也氣不過，一拳揮向他的臉。他穩穩擋下少年的拳，彼此眼神較量了好一下，他鬆手按了一下少年的肩膀。「不要覺得這是你的責任，你還有很好的前途，是一個出色的引渡人，不值得為了這件事自毀前途。」

「我的前途我自己決定！值不值得也是我的問題！」望月揪過他的衣襟，語氣激動，眼神卻有著憂傷。「如果我連拍檔也棄之不顧的話，我還有資格成為引渡人嗎？」

白優聿的喉頭滾動了一下，怔怔看著少年。

「每一次，我們都是一起闖過難關，一起回去。這次也不例外，就算豁出一切，我也不會讓這一次成為例外。」

「豁出一切……會沒命的。」聽到這句話他開始擔心了。這一次他們對上的不是惡靈，而是最可怕的人心。

「那就用這條命來試試看。」少年答得毫無猶豫，眼神篤定。

他一怔，斂眉掩飾內裡的熱意，搖頭。「你為什麼不聽我的，死小子……」他只想保全身邊的人，不想大家插手這件事而受到傷害。

偏偏卻有一個固執的死小子執意要這麼做，為了他的事，豁出一切、生死交托，他的心在發熱發燙，全身細胞似乎沸騰了。

「笨死了。」他低喃，卻在這個時候看見牢獄的地面產生了變化。

細小的光芒不知由何出現，正在一點一點凝聚，以他和望月的足下為中心，迅速圍繞了二人，望月也發現了不妥，看樣子這似乎是白優聿封印解開時候出現的光鏡，但白優聿的腳鐐壓制了他的靈力，他沒可能解開封印啊……

光圈瞬間形成，一股柔和沁暖的力量湧出，華光四溢的同時有一個模糊影子似乎正要從地面迸出來，無法理解這是什麼現像的二人面面相覷，盡是一臉驚色，就在這個時候駐守在外的人員被驚動了，吆喝著衝進來。

不能讓那些人發現，二人同樣有著這個想法，一動念，光圈瞬間消失，就連地面迸出的模糊影子也消失得徹底。

「你們在幹什麼？」索拿大步衝上，揪過望月推按向牆，再瞪著白優聿。

望月驚訝之下說不出話來，白優聿卻冷笑。「你以為他在幫我逃獄？」

索拿瞇眼打量不語的少年，他當然不相信少年有這種力量，但剛才那股壓迫性十足的力量是怎麼來的？

「把望月蓮司帶出去。」索拿吩咐其他人，冷睇獄中的白優聿。「認命吧你，剛才淵鳴敲響了鐘聲，代表審判已經開始了。你很快見不到日頭了。」

白優聿面無表情的看著對方離去，這才鬆開握緊的右手。一隻翩然的銀蝶飛出，化作點點螢光消失於半空，這種感覺很奇妙，剛才那個光圈似乎意味著某些意思……

會是他想像中的那樣嗎？

CH5

無底之淵

狐狸總帥洛廉坐在居中的位置，睨了一眼分坐兩側的同僚。

坐在右邊的是一個穿著黑色斗篷，遮去面貌只露出一張薄唇的男人，男人是獨羅分設的掌樞，只要涉及「獨羅」分設的一切事務，這個男人擁有至高的決定權。

坐在他左邊的則是一個打扮得時尚的女人，一眼就看得出這個女人是屬於精明能幹的類型，她是負責外交部門「亦輪」分設的掌樞，因為時常跟上流社會打交道的緣故，她永遠掛著優雅美麗的笑容，但在這個場合顯得特別格格不入。

總帥推了推眼鏡，眼神落在亦輪掌樞隔壁的空位上。

那個空位屬於管理引渡人紀律「淵鳴」分設的掌樞。淵鳴分設的掌樞平時沉默寡言，為人嫉惡如仇毫不循私，是一個御姐類型的人物。

平日最守時的她到現在尚未現身的原因是，她已經代表了淵鳴和長老們密談。

「廉，長老們也商量了三個小時，你說這次的審判結果會是什麼呢？」亦輪分設的掌樞，艾瑟芬湊前來輕聲問他。

總帥睨她一眼，她就算枯等了三個小時還維持端正得體的坐姿，真讓他佩服。

「長老們的心意我猜測不來，等一下就知道答案了。」他淡然回話。

「你倒是淡定。別人不知道的話還以為白優聿和你沒關係。」艾瑟芬捂嘴一笑，動作還是如此的優雅。「也對，他現在是一個重犯，你這位過去的師父當然急著要和他撇清關係，免得被他牽連。」

總帥淡笑不語，倒是身側的斗篷男開口了。「不是每個人都像妳，喜歡置身事外。」

「藍斯掌樞怎麼可以這麼說呢？我每週在議院開會的時候，都在那些大人面前替你們說好話，掩飾你們的無能為力。我要真的置身事外，廉的背後早就被流言的子彈掃得千瘡百孔了。」

藍斯呵呵冷笑。「亦輪負責對外事務，實在是辛苦了。要是艾瑟芬掌櫃調去其他分設，不止總帥倒楣，就連亦輪也會倒楣了吧。」

「你這番恭維的說話說得有些刺耳。不過算了，你不太可能明白我們這些時常在光明底下做事的人，你擅長的是暗中調查別人、跟蹤別人這種不見得光的事情。」艾瑟芬不甘示弱反譏。

「那倒是。要是哪天艾瑟芬掌櫃也做了不見得光的事就要小心了，我們特別喜歡挖掘不見得光的祕密，尤其是上了年紀的女人特別多祕密。」藍斯好整以暇回話。

隔壁的女人登時露出憤恨表情，但她畢竟是專業的外交官，一下子就微笑以對。「藍斯掌櫃要是真的閒著沒事做，不如多盡一份心力為廉解決他的難題吧。蘭可現在仍舊下落不明，長老們給的一個月期限快到，總帥的位子就快坐不穩了。」

「總部裡除了廉以外還有誰夠資格當總帥？要是換上艾瑟芬掌櫃的話，說不定上任不到一天就被惡靈秒殺了。」

「你這話是什麼意思？」

「意思就是妳想取代廉。」

「我……我哪有取代廉的意思？你說得太難聽！」女人終於激動了。

「哼，總帥是引渡人最高的領導者，而且可以統帥『淵鳴』、『獨羅』以及『亦輪』三個分設，很多人都覬覦這個位子。」

「你的意思是我也在覬覦嗎？廉，你說一句公道的話，我是不是做了什麼讓大家誤會的事情？」

「嘿，這就難說了。」旁人代答了。

狐狸總帥翻個白眼，心想他怎麼躺著也中鎗啊？左邊的艾瑟芬激動非常，右邊的藍斯發出冷笑聲，搞得他也心煩了。

「二位，這次長老們的召見是為了審判白優聿，你們扯得太遠了。」他忍不住提醒二人。艾瑟芬冷哼別開臉，藍斯繼續低笑好不陰沉，大堂突然響起「咚、咚、咚」三聲響亮的鼓鳴。這是宣告長老們到來的鼓聲。總帥洛廉重新回到座位上，吵得興起的二人也暫停戰火，安靜等待長老們的到來。

比一般臺階高出三尺的臺上陸續出現了好幾個人，這些都是引渡人總部的前幹部，皆被冠上「聖」字號的敬稱，就算是狐狸總帥也要敬他們三分。

魚貫而入的人們坐下了，一字排開十人，狐狸總帥微挑眉，看著最後出現的短髮女子來到左側坐下，女子正是淵鳴分設的掌樞——玄玥。

「各位，讓你們久等了。我以長老會主席的名義宣布『淵鳴的審判』這個結果。」發言的是前任總帥梵德魯。

「淵鳴的審判」是總部針對犯下重罪的引渡人所進行的裁決，由長老會與淵鳴掌樞進行審判，其餘人包括總帥在內也不能參與，審判的結果是絕對的，無人可以質疑或推翻。

「……終於有結果了？」總帥瞇起眼，看向臺上德高望重的前任總帥梵德魯。

「沒錯，洛廉，這次被審判的對象雖與你有不淺的關係，但你是總帥，這個命令即使再難，我相信你也能秉公辦好。」梵德魯說著，示意在旁的玄玥站起。

玄玥來到洛廉面前，雙手恭敬呈上一張銀色帖子。那是長老會和淵嗚掌樞聯署的審判結果。

他接過，打量面無表情的玄玥。對方微一躬身回到自己的座位上，他的手心冒出一層薄汗，立刻拆開帖子。

「容許我來宣布審判的結果，經過三個小時的商議之後，長老們達成了協議。」梵德魯的視線落在已經打開帖子，看過其中內容之後臉色變得難看的總帥，冷聲宣布。

「為了避免伊格的預言成真，我們必須阻止白優聿以光明背叛者的身分甦醒，因此我們一致決定，梵杉學園見習引渡人白優聿立時革除學籍與職務，明日被遣送往無底之淵囚禁，終其一生不得返回大陸。」

宣布完畢，梵德魯看向一臉難色的洛廉，心中滿意了。

「洛廉，遣送白優聿的任務就交給你，由你親手完成。」

無底之淵，傳說中是上界之神在創造了格利多芬之門後，利用最後一塊天柱將大陸北端的土地劈出一道深淵。天柱沒入地底深處，驚醒了沉睡的龍，上界之神與龍經歷七天七夜的戰鬥，龍被打敗，臨死前釋放出終年不散的濃霧，不知名魔物在濃霧中繁衍，為免魔物禍延人間，上界之神設下結界，唯有人與神可以進出無底之淵。

但，那是魔物誕生地，是執念與怨恨聚集之處，就算是神也無法進出自如。

於是，這裡成了處決擁有上乘靈力引渡人的最佳所在。

「十三年前，總部舉辦過一次淵鳴的審判，蘭可被勒令即日送往無底之淵。十三年後，被送往無底之淵的換作是姓白的小子。」

仰望晴空萬里，梵德魯瞇了瞇眼，他早就說了，他頭上的那片天會依舊晴朗，僅是一個小動作就足以將那幾個不成氣候的小子撂倒了。

「梵德魯大人，洛廉恐怕不會真的讓白優聿被押往無底之淵。」站在梵德魯身後，索拿的態度畢恭畢敬。

「就算他不肯，他能夠耍什麼花樣？遣送白優聿前往無底之淵的法陣在總部的祭壇進行，在其他三位掌樞、眾位長老以及這麼多引渡人面前，憑他一己之力能夠救出白優聿？」梵德魯冷笑。

索拿點頭稱是，中年男人回首看了他一眼。「我知道你在想什麼。要扳倒一個人不是一件易事，尤其那人已經盤踞在那個位子上多年。但，只要他無法在限期內找到蘭可，我就有撤換他的理由。我們現在需要的僅是等待。」

「是，梵德魯大人。」

「明白就好。出去準備，半個小時後就要啟動遣送白優聿的法陣了。」

索拿立刻轉身出去準備，梵德魯對著離去的背影露出別具深意的笑容。

長老會正需要一個凡事聽從指令的新總帥。

淵鳴的審判結束之後的一個小時，總部大樓頂端的祭壇已經準備就緒。淵鳴掌樞在長老會的授權之下召集了琉級、赤級的引渡人到場充當保衛工作，墨級引渡人暫時只有三位留守在總部，因此到場的也僅有三位。

至於現任總帥洛廉和三位掌樞也早已到場，正等著執行審判的指令。

在這一個小時內，關於白優聿被遣送往無底之淵的消息也在獨羅組的幫助下，散布到大陸各個地方，通知了每一位執牌引渡人。

索拿站在淵鳴掌樞玄玥的身邊，負責監督啟動法陣的過程。

等到長老會的人魚貫踏入祭壇，梵德魯一揚手，玄玥示意自己的人退下，讓出一條路給總帥洛廉。

「洛廉總帥，接下來由你來主持。」梵德魯輕輕頷首，一副期待他表現的樣子。

狐狸總帥緩步來到祭壇中心，環顧四周一眼，發現到赤、琉兩級的引渡人中有不少是長老會的人。

洛廉心中有數，揚聲道：「帶犯人進來。」

一聲令下，淵鳴的人拉著一條長長的鐵鏈，鐵鏈的另一頭繫在一人的腳鐐上，隨著那人走路的晃動，響起一陣噹啷刺耳的聲音。

黑髮男子被帶到祭壇的中心，拆下腳鐐，站在總帥和長老會眾人的面前。突然一股力道壓上他的肩膀，他被逼跪倒在地，抬頭一看，逼他下跪的人竟是玄玥掌樞。

「白優聿，原梵杉學園見習引渡人，因犯下無可饒恕重罪，經淵鳴的審判後被勒令革除學籍與職務，立時遣往無底之淵，終其一生囚禁於此。」玄玥宣讀他的罪行，卻不明言他犯下的是什麼重罪。

有關伊格和預言的一切，總部的高層們早有默契，無論如何也不會把實情說出來。因此，宣讀白優聿的罪行也僅是略略帶過。這件事高層們心照不宣。

烈日當空，平日早就嚷著要搽護膚膏的白優聿跪在地面上，瞇起了眼睛看向藍天。說不定這是他最後一次仰望這片藍天了。

「總帥，時間到了，請您執行指令。」玄玥來到狐狸總帥面前提醒著。

總帥挑高眉，對方依舊面無表情，彷彿此刻只不過是在處理一件例行公事，而不是將一個無辜活人送往地獄，他深吸一口氣穩住憤然的情緒，看向白優聿。

「我知道，我準備好了。」白優聿的嘴角微顫，卻強自擠出虛弱的微笑。

總帥悄然握拳，就要開始的時候外面突然響起吵嚷聲。一個金髮少年試圖擠身進來，卻被守在外面的引渡人們攔下，要不是攔在前頭的是路克和喬，少年恐怕早就被拖下去了。

果然，一陣吵嚷之後，有幾個赤級的想動手教訓少年了，總帥看不下去，皺眉一喝。「都給我停下！」

威嚴十足的一喝讓大家停下動作，路克和喬架住衝動的少年，白優聿向他投來求助的眼神，狐狸總帥轉身向梵德魯躬身。「梵德魯大人，那少年是白優聿的學園搭檔，請您允許他們一個道別的機會。」

「我答應你的請求。」梵德魯頷首。

路克和喬放手，金髮少年一個箭步衝進來，朝長老會眾人和掌樞們躬身，再看向站在面前的總帥，想要開口卻被後者輕輕搖頭制止。

「嗨，望月。」白優聿展開笑臉打了聲招呼，其實他最害怕面對離別這件事。「終於到了拆夥的時候，我們要說再見了。」他一輩子也不可能忘記這個拍檔。

「去你的再見！」少年的聲音有些沙啞，極力在壓抑心中的激動，瞪著他。「你什麼也沒解釋清楚，別想不負責任丟下一大堆麻煩給別人，自己一走了之！」

「別那麼哀怨嘛，這是老大們的命令，他們還好心的給我道別和託孤的機會。」白優聿嘗試以輕鬆的語氣說話，可惜該死的臉部表情還是維持哀傷。「其他人我可以不管，但有兩個女人我最放心不下，我唯有拜託你——」

「別給我該死的託孤！」少年一把揪過白優聿，登時引起淵鳴組的人喝止，他咬牙鬆手，被淵鳴的人拉開的同時突然轉身對上長老會的人，大聲質問：「梵德魯大人，難道你們一定把曾經立功無數的引渡人遣往無底之淵嗎？」

吆喝聲再次落下，望月毫不畏懼的迎向以梵德魯為首的眾人。

「望月蓮司，梵杉學園理事長修蕾極力舉薦的優秀生，我看過你的資歷。無論是靈力還是智力，你是一個讓人有期待的引渡人，但你缺乏看清事物的判斷力。」梵德魯緩緩說著。

「那麼請梵德魯大人告訴我，白優聿犯下的是何等重罪？」望月不忿，第一次不顧自己身分的反駁。「他害過什麼人？幹下什麼罪行致使他落得與當年的蘭可同罪？同樣是被遣往無底之淵？」

梵德魯瞇眼打量他，負責紀律的玄玥掌樞看不下去了，一揚手命人上前拉他下去。少年橫眉一瞪，梵德魯揚聲阻止。「算了，不必和見習者一般見識，看來玄玥掌樞妳得好好評估一下修蕾的推薦書。」

「我不在乎能不能夠提前畢業，我只是要知道真相和實情！」望月絲毫不為所動。

梵德魯冷笑，玄玥冰冷的表情閃過一絲怒意，就要親自動手教訓不懂禮貌的少年，總帥洛廉卻插手了，他一把按住望月的肩膀，逼使少年半跪在地。「梵德魯大人是長老會之首，他好心讓你和重犯白優聿道別，你不得對他言行無禮！」

少年瞠目看著他，像是不解他為何不幫白優聿說話，狐狸總帥清咳一聲鬆手。「好了，給你說最後一句話的機會，時間要到了。」

「還真是仁慈呢，竟然還可以再說最後一句。」靠得很近的索拿冷諷，他就站在總帥身側以防對方搞鬼。

總帥來個充耳不聞，白優聿苦笑看著憤然的少年。「你不應該說這些的，修蕾知道你不能提前畢業的話會氣死她……」

「白優聿，告訴我你是無辜的。」少年沒聽他的，一臉認真的道：「我只要你一句話。」然後他會選擇相信。

白優聿盯著少年，緩緩蹙眉，露出一副訝然的表情。索拿冷笑。「嘖嘖，這是小學生在道別嗎？總帥大人，你再不喊停的話，長老們大概看不下去了。」

狐狸總帥瞪他一眼，身後的長老們的確也不耐煩了。無可奈何之下，他唯有開口：「望月——」

「……算了，不用說，我信你。」少年突然吐出這句話，隨即攤開手心，一顆鑲著金邊的粉色珍珠在太陽底下綻放美麗的光芒。然後他揚聲一喝。

「艾美黛，吾誠心呼喚汝的名字，請汝開啟格利多芬之門！」

梵德魯第一個疾聲喝止，其他資深的引渡人也紛紛搶上，但一切太遲了。

珍珠綻放淡淡綠光，綠光極快向上延伸，化成一座鳥籠，在鳥籠內的二人隨著光芒的散去，消失無蹤了。

代表緊急事故的鐘聲響起，總部的人各自回到自己的隊伍待命。

「這是一等緊急事件，我要求各位全力配合淵鳴掌樞的安排。」梵德魯一臉凝重，交代面前一字排開的人。這些人都是總部裡面擔任要職的幹部們，在重犯逃脫之後，梵德魯立刻召開了緊急會議。

「追緝行動交由淵鳴掌樞安排。」梵德魯看向依舊面無表情的玄玥，得到後者的頷首，他拍了一下對方的肩膀。「雖然兩個重犯已經逃往格利多芬之門，但他們無法在那個世界待上太久，他們一旦離開格利多芬之門，立即將二人逮捕。」

「是的，玄玥明白。」

「另外，我會派出飛揚和原夫進入格利多芬之門，以最快的速度逼出那兩個重犯。」以上二人皆是總部的墨級引渡人，雖然知道重犯無法久待格利多芬之門，但梵德魯要在最短時間內將兩個危險人物逼出格利多芬之門再逮捕。

「是，玄玥現在就去安排追緝行動。」玄玥帶領一眾幹部們離開會議室。

一旁的飛揚和原夫二人在梵德魯的眼神示意之下也動身了，臨走前睨了一眼安坐在角落的某個男人，微微蹙眉才離開。

「出動兩位墨級的強闖格利多芬之門？尹諾斯會抓狂的，梵德魯大人。」坐在角落的沙發上，狐狸總帥蹺起腿微笑說話，悠閒得像是沒事發生一樣。

梵德魯打量他，表情變得冷厲。「兩個重犯在你眼皮底下逃走，你還好意思說這番話？洛廉。」

「我也很意外呀，沒想到望月還把艾美黛收在身上。」狐狸總帥攤手，一臉無辜。

「噢，難道艾美黛不是你交給他的？」

「奇怪，我為什麼要把艾美黛交給他？」

「就因為你想救白優聿。」

「咦？在缺乏證據的情況下作出指控是很危險的，梵德魯大人。」

狐狸總帥拍拍手站起，大步走出會議室，身後的中年人卻喚住他。「洛廉，從很久以前開始，你就不是一個循規蹈矩的總帥。」

「所以？」推了推眼鏡，狐狸總帥轉身，看到梵德魯坐回位子上，拿出了印章。

門外的路也被一行人擋下了，這幾位都是長老會的人，洛廉唯有讓開，好幾人走了進來，跟在最後面是噙著冷笑的索拿。

呵呵……他才說這個禿頭走到哪裡去了，原來是去請長老會的人。狐狸總帥心中有數，同樣冷笑。「所以現在是針對我作出審判嗎？」

「你是一個聰明人，可惜大多時候你的聰明用在錯的地方。」梵德魯說著，等著眾人入座，索拿擋在門前，關上會議室的大門。

洛廉冷笑不語，只是看著和梵德魯站在同一陣線的長老會。

「蘭可一事，你無能為力，白優聿一事，你讓他在你眼皮底下逃脫。洛廉，這些年來你在總帥這個位子上雖然不能說沒有功勞，但是發生這兩件重大事情有一半歸咎於你的領導無能，功過相抵，長老會不責罰你，但你必須給大家一個交代。」梵德魯邊說邊寫，寫完之後看向洛廉。

洛廉環顧一眼四周，各人臉上都掛著「出事了你必須承擔」的表情，還真他覺得失望，他聳肩。「請問梵德魯大人，要我怎麼做呢？」

明著說出來就好了，他不喜歡一大堆毫無營養的暗示。

梵德魯手指輕敲一下桌面，指著擱在那兒的公函。「引咎辭職如何？」

長老會沒人露出驚訝或不贊同的表情，每個人都保持緘默看著洛廉，想是大家早在這之前已經有了這個共識。

洛廉笑了，也沒有露出多大的驚詫。「如果這是長老會的決定，洛廉當然遵從。」

梵德魯瞇了瞇眼，盯向這個他始終覺得無法掌控的男人，再次覺得自己做對了決定。「索拿，把這封信交給洛廉簽署。」

索拿依言拿過給洛廉，那副得意洋洋的嘴臉讓人看了覺得可悲，只不過是快要當上長老會的傀儡而已，值得高興成這個樣子嗎？

洛廉很瀟灑的揮筆簽了，索拿再把辭職書交給梵德魯。

梵德魯斜眼看著他好半晌，似乎沒想到他如此輕易答應辭職，好一下才冷冷開口。

「我會代表長老會將這封辭職書呈給議院和教廷。」引渡人總部、教廷和議院代表大陸的三大權勢，撤換任何一個首領都必須得到其他兩方的同意，但教廷和議院並不會干涉總部委任誰當總帥一事，這是引渡人總部的內部問題。

梵德魯馬上蓋好印章，小心翼翼收好信函，睨一眼洛廉。「另外，通知你一聲，總帥一職會由墨級引渡人索拿暫時擔任，等到捉拿了蘭可之後才正式委任新人選。」

「噢，恭喜你了，索拿，希望你可以很快捉到蘭可。」洛廉由始至終保持微笑。

索拿討厭這人偽裝的從容淡定，還有隱藏在眸底的譏諷，有些悻然，「我一定會捉到蘭可，你這位被撤換的總帥放心好了。」

「有你在，我有什麼不放心的？」洛廉一笑，摘下衣襟上的金色徽章。

他把象徵總帥身分的金色徽章放在桌面上，脫下身上的長袍擱在椅上，這才看向眾人。

「如果沒其他吩咐的話，洛廉告退了。」

梵德魯眼神投向索拿，得到眼神示意之後，索拿立即以代理總帥的身分下令。「洛廉，我命令你——」

「抱歉，請讓我把剛才忘記交代的話說完。」洛廉清咳一聲打斷對方。「我剛剛在那封辭職書內加了一行字，說我在慎重考慮之下決定退出總部，不再擔任執牌引渡人一職，所以說我現在不是引渡人了，你無權命令我。」

梵德魯一訝，連忙抽出那封信，一看之下臉色變得難看。

「洛廉！你——」索拿惱怒揪過他。

「別發怒，要小心照顧身體呀，尤其是當上總帥之後。」洛廉一笑，指向臉色發青的梵德魯。「梵德魯大人也批准了，我可沒使詐。」

索拿暗自咬牙，梵德魯大人剛才一定急著蓋章忘了檢查那封信，本想留他下來好好羞辱一番的，現在竟然沒了這個機會，他氣極反笑。「呵，這樣更好，沒了總部的庇護，你死在外頭也是自找！」

長老會有好幾人蹙起眉頭，洛廉聳肩，有些人總喜歡在鋒芒逼人的時候說奚落難聽的話，索拿就是這類人。「這樣對你也好，你不必擔心我有……翻身的機會。」最後五個字他貼在對方耳後低語。

沉不住氣的索拿拳頭握得死緊，發出可怕的聲響，洛廉笑著揮手，在眾人盯視之下瀟灑轉身離去。

一直走出了總部的大樓，洛廉才停下腳步，仰首看了一眼夜幕低垂的天空。

時間不多了吧？

「……總帥大人。」樹影下走出兩人，一是紫髮，一是銀髮，異口同聲喊了他。

「喂，路克，喬，你們消息不靈通喔，我被撤換了。」

二人露出不忿的表情，同樣為他感到不值。路克開口：「我們就是知道了，所以在這裡等您，如果您要對付——」

「我不覺得這是件壞事。」洛廉一笑，至少他現在有時間去做想做和該做的事，他揮手，「你們回去待命吧，玄玥掌樞正部署追緝行動。」

「洛廉大人，我是您的暗使，應該追隨在你身邊，你離開的話我也跟著離開。」路克很堅持。

「不，你不是我的暗使，因為我不再是總帥。」洛廉拍了一下路克的肩膀，後者露出難以接受的表情。「留在這裡是你們現在唯一能做的事。」

路克激動的要反駁，喬倒是明白了，他按住夥伴的肩膀。「路克，洛廉大人說得沒錯，留在這裡候命，我們才能有機會幫到白優聿。」

洛廉點頭，等到二人離去之後，他才繼續往前走。直到離開總部的範圍，他停步。

「來了？」他對著空無一人的前方低語。

一抹黑影緩緩出現，擁有及腰長髮的女人緩步走來，美麗臉蛋上有著不悅。「連我的學生也變成了重犯，我能夠不來嗎？」

「嗤，早在妳答應讓他加入的那一刻開始，妳就料到有這一天。」他輕笑搖頭。

「是說你不必負責任嗎？」

「喂，我現在正打算解決這件事，和妳一起。」他順帶拖昔日拍檔下水。「準備好出發了嗎？」

「早就好了，等你大駕而已。」

「那就走吧。」

CH6

追擊與變數

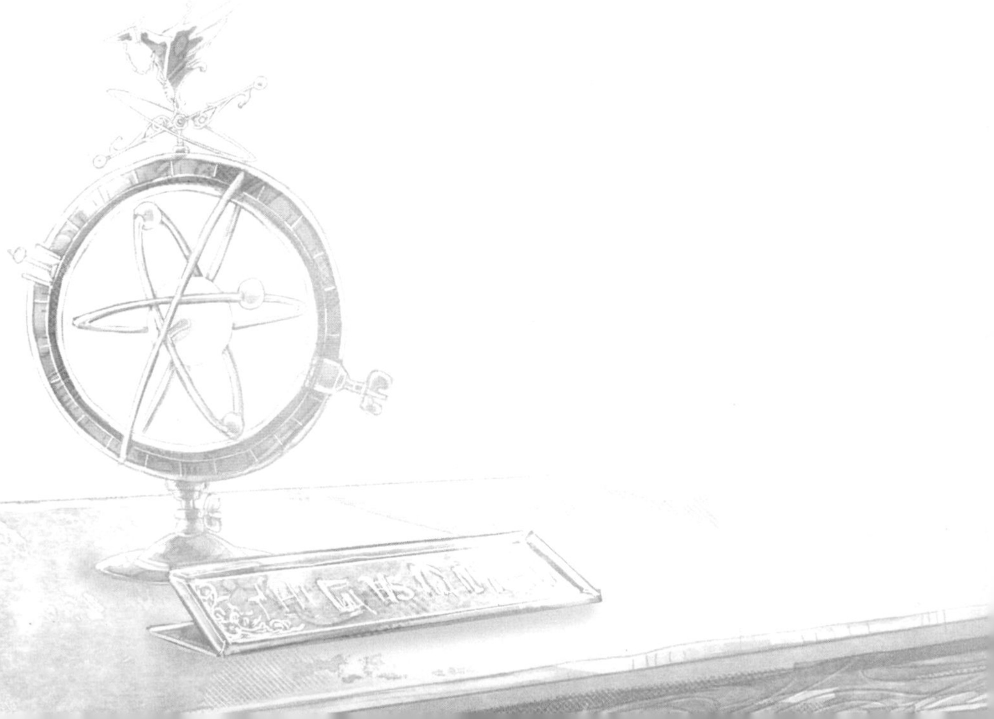

灰濛濛的天空，一對巨大金色翅膀揮動了一下，女人不悅的雙手環抱，居高臨下盯著站在面前的兩個男人。

這兩人剛在幾分鐘前毫無預警出現，打擾了天使大人的午眠時間。

「你們把伊格的亡魂帶來了？」她決定給他們一個解釋的機會。上次已經說好了，他們再次出現的時候必定是帶著伊格的亡魂過來，這次橫看豎看她都沒看見伊格的亡魂。

「我們被追殺——」

「靠！這關老娘鳥事？」大腳就這樣踹過來，白優聿和望月順利閃過，這才沒被生氣的天使大人幹掉。

天使大人挑眉看著進步不少的白優聿，這才瞪向望月。「小子，這次是你喚出艾美黛，你最好給我一個解釋！」打擾天使午眠是大罪！

「正如剛才所說的，我們被總部追緝。」望月淡定回話，指向白優聿。「他被總部遣往無底之淵，沒有其他辦法之下我們逃來您這兒。」

「……無底之淵？」天使斜眼打量白優聿，似乎明白了什麼似的冷笑。「可是，他們會追來，同樣會在這裡逮到你們。」

「所以望月斗膽，在這裡懇請尹諾斯大人教我們練成心靈共鳴。」

「呵呵，你們以為練成心靈共鳴就不必懼怕總部的人？」

「不，唯有練成心靈共鳴，我們才能夠對付蘭可。只要打倒蘭可，白優聿可以戴罪立功，不必被遣往無底之淵。」

「噢，原來是為夥伴著想。」尹諾斯嘿一聲冷笑，打量二人。「不過我沒什麼可傳授了，我說了，你們需要的僅是時間。」

此話一出，望月露出失望的表情，尹諾斯揮揮手。「看在相識一場的份上，我會暫時幫你們隱藏行蹤，但別指望太高，外面天亮之時你們就要離開了。」

她說的外面是指人界，格利多芬之門裡頭沒有黑夜和白晝，外面的世界現在應該是深夜了吧？

只剩下不到六個小時的時間。

天使很快消失於二人眼前，望月握著那顆珍珠，他原以為總帥大人暗中將艾美黛塞給他是要他們來這裡求助的，沒想到尹諾斯幫不上忙。

「不如放棄吧。」

望月怒目而視，沉默許久的白優聿一開口就讓人光火，「你的意思是想送死？」

白優聿苦笑。「這和我們目前的情況有差嗎？」橫豎是個死，倒不如己方先投降，說不準望月不會被自己拖累，不被扔往無底之淵。

「有。差別在於我們現在還有一線生機。」望月一臉篤定。

白優聿嘆息，眺望熟悉而陌生的格利多芬之門。

總部的人不會放棄，雖然他們逃來了格利多芬之門，但梵德魯一定會強行打開這裡的缺口，到時候追來的不再是普通的引渡人。

「望月。」他喚過正在忙的拍檔，在對方的瞪視下，他走了上去。「我是認真的，趁現在還可以回頭，我們回去投降。」

領口立時被揪過，望月憤怒一喝。「這個時候你還說這些話？」

「因為我要你知道，這不值。」他任由少年揪著自己。

「你說過很多次，但我決定了這麼做！」望月討厭眼前的人一副不想拖累自己的嘴臉。

他早已決定了，或許在更早之前，在他願意成為對方的拍檔那一刻開始，他就做好了這個決定。

望月深吸一口氣，半蹲在沙地上劃出剛剛擬好的逃亡路線，一邊說著。

「長老會決定把你遣往無底之淵的主因在於忌憚蘭可和伊格。如果我們可以阻止得了蘭可等人，他們就沒了遣送你的藉口。我們現在得先計劃好逃走的路線，還有不到六個小時要天亮了，如果我們可以避開總部的人去到火車站還是碼頭就可以回到梵杉學園——」

身後的男人突然用力按過他的頭，他整個人往前趴倒，右手臂一陣劇痛，白優聿將他右手反扣在身後。

「你幹什麼？」望月一驚，竟然沒能掙脫。

「阻擾預言的人，不應該活在世上。」平板冰冷的嗓音響起。

這不是白優聿慣有的語調！

在梅亞阿姨家裡的那一晚，白優聿也曾經陷入這種狀況！

這個認知讓少年立即反應過來，身子一彈而起，白優聿被撞得手一鬆，脫離箝制的望月一聲喝斥，一道光繩瞬間纏上白優聿。

白優聿發出一聲冷笑，雙臂一振，光繩被他可怕的力道扯斷。

銀色的蝴蝶飛舞上來，纏上了四肢甫得自由的黑髮男子，白優聿力氣陡失，撲倒在地，陌生而冰冷的眼神瞪著望月。

望月沒有心軟，拳頭握緊，冥銀之蝶纏得更緊。

對付陷入這種狀況的白優聿不能猶豫！不然他制伏不了白優聿！他同樣冷冷瞪著眼前這人。

「你是誰？」

「我就是我，你不認識的那個我。」

「你是伊格的執念？」這是唯一合理的解釋。

「當然不是。我說了，我就是你不認識的我。」

望月一咬牙揪過對方，用力一吼。「白優聿，給我回來！這不是你！」

對方冷笑，充滿諷刺的意味，驀地，他的臉部肌肉抽搐了一下，露出痛苦的表情，嘴裡發出斷斷續續的呻吟。

「白優聿！白優聿！」望月急切喊著他的名字。

白優聿雙腳一挺，整個人昏了過去。望月連忙斥退冥銀之蝶，輕拍他的臉頰，不斷喚著他的名字。「白優聿！醒來！快醒來！」

男人的眼皮顫動了一下，悠悠醒轉之下對上一臉焦急的望月。

「發生什麼事？嘶，頭好痛，我暈過去了？」白優聿撐坐起來，茫然問著。

他根本不記得剛才發生的事情。

望月嚥了嚥口水，說不出話來。除了疑惑之外，他有著深深的憂慮。

白優聿身上肯定出現了問題，但在這個時候，誰也解答不了他的疑惑。

他再次咬牙，灰暗的天空突然響起巨大的驚雷，不比一般阻攔惡靈逃走的驚雷，這記驚雷像是撕破了天際。

果然，二人應聲看去的同時看到了天空出現的異象。

灰暗的天空被撕開一道口子，從裂縫中躍下的兩抹身影落在前方不遠處，只看一眼，白優聿登時認出了這兩人的身分。

——他們是名列「墨級引渡人」的飛揚和原夫！

樹影不斷往後急掠，兩抹人影在樹叢中竄動。

「在這裡！」其中一個胖男人一喝，立時衝向剛從樹後竄出的少年。

少年露出驚惶的表情，胖男人手中極快結印，一個法陣從地面往上延伸剛好困住少年，另外一人卻一喝。「原夫！這是幻影！」

果然，法陣摧動之下，少年的身影化作一隻飛舞的銀蝶，銀蝶在法陣內來回飛舞。

原夫低咒著撤去法陣，右眼戴上眼罩的瘦長男人揮手示意，指向隱身樹叢中的兩抹身影。

原夫會意，雙手飛快結印，地面再次出現一個法陣，一隻近似透明的野豹從法陣中心竄出衝向男人所指的方向。

噹啷一聲，光之屏鏡碎裂，隱身其後的兩人也曝光了。

銀色的蝴蝶形成一張巨大的網，撲上的野豹硬生生止步，打了一個滾落地，伏在地上低吼著蓄勢待發。

行蹤敗露的少年和黑髮男子背對背站著，戒備的盯著眼前兩位墨級引渡人。

與其同時，地上出現多個法陣，裡面竄出了不少近似透明的猛獸，老虎、獅子、大象和豺狼發出的聲音響遍整座樹林。

「白優聿，望月，不要再逃了，跟我們回去。」能力就是召喚獸類的原夫揮了一下手，獸群逼向了少年和黑髮男子。

「我們在這座林子築起了結界，你們逃不出去，而且也逃不回格利多芬之門。」戴眼罩的男人飛揚冷聲說著。

這不是危言聳聽，白優聿知道身為墨級引渡人的他們有這個能力。

實際上，當他們逃出格利多芬之門的那一秒開始，他們就毫無勝算可言。

天使尹諾斯的行動範圍限制於格利多芬之門的那個世界，剛才她已經幫他們阻攔這兩人好一陣子了，原以為可以趁機逃脫的他們萬萬沒想到這兩人早在出口的地方設下結界。

除非打敗這兩個墨級的，不然他和望月逃不出這座林子。

「跟我們回去，我們不想使用暴力。」飛揚給他們一個衷心的勸告。「不然，等到淵鳴的追緝隊伍到來接管，他們不會輕易放過你們的。」

儘管他和原夫都不贊成長老會遣送白優聿的做法，但是長老會和淵鳴的審判是絕對的，誰也無法推翻。

他們唯一能做的就是在不傷害這二人的情況下將他們逮捕。

望月不為所動，步子稍退一下，伸手拉過白優聿的衣袖。白優聿一怔，聽著少年低喃。

「聽好，我不會讓他們帶走你。」極輕卻帶著深重情義的一句話。

白優聿回首看著他，突然輕嘆搖頭。「好吧，這次換我聽你的。」

這句話代表了彼此的共識，幾乎同一時間，地面出現點點光芒，變幻出一面澈明之鏡，無數細長堅韌的細線纏上獸群的身軀，原夫一聲暴喝，瞠目看著自己的獸群被白優聿的細線盡數扯成碎片——

兩道身影飛快從暫時空出一角的方向掠去。一股勁風從頭頂襲來，冥銀之蝶在主人的號令之下形成一道堅固的保護網，擋下了眼罩男人的攻擊。

但第二波攻擊很快補上，冥銀之蝶被巨大力道擊得粉碎，飛揚揮舞著鐵錘擊來，細線適時纏上對方的手腕，對方的攻擊失了準頭，鐵錘堪險擊落在望月跟前，地面登時出現巨大的凹陷，一道水柱從凹陷中心直噴上來。

「望月！」

白優聿失聲驚呼，來不及逃出水柱範圍的少年被噴中，右手、右腿的皮肉裂開，像是被利刃深深劃過一般。他連忙擋在少年面前，憤怒瞪著施然走來的飛揚。

「投降吧，如果你不想看到搭檔送命的話。」他的能力是控制水，鐵錘失了準頭也不要緊，擊中的地面噴出的水柱才是他真正的武器。

望月奮力站起，右半身劇痛之下反而失了知覺，他咬牙喝斥。「你別聽他的——」

一股力道衝了上來，望月的話語被打斷，白優聿直接扛過他飛快掠向前。

「東之風、南之火、北之水、西之土，四方聖者，光耀八極，賜予吾等神助之力，六十四道驚雷，奔於八方，請降臨吧！」

他口中的咒語念完，上空頓時響起轟隆之聲。後面緊追的二人咒罵聲不停，天空落下一道又一道駭人的驚雷，雖然這驚雷劈不中兩個墨級的，但樹幹枝椏等紛紛被劈中砸落，頓時阻擾了二人的腳步，逐漸和他們拉遠了距離。

「從開始搭檔到現在，你每次都被我的衰運纏上，變得渾身是傷。」白優聿苦笑。

「哼，我遲早會從你身上討回來……」望月扯下外套纏緊自己受傷的手臂。

「如果我還有命的話，一定還你。」

「那就記住了，別給我死！」

驀地，獸群的吼聲鋪天蓋地傳來，六十四道驚雷響個不停，卻阻攔不了原夫召喚出來的獸群，首先撲向他們的是野豹，被望月的冥銀之蝶肢解，接下來是豺狼、獅子和老虎，一個飛撲下來的黑影狠狠啄下，白優聿和望月雙雙跌落在地，一隻巨大的老鷹立在樹梢傲視著他們。

這麼一緩，獸群再次湧上包圍了他們。

雖然獸類的主人仍舊被困在驚雷之中，但他們同樣被困在獸群當中。就算殺了前面的，圍繞在後面的很快補上，原夫這次學乖了，竟然動用到如此龐大的獸群隊伍。

白優聿和望月再次背對背站立，打定了主意拚死一戰。

前方卻突然響起獸類慘呼的聲音，他們一驚，看到右邊遠處不斷有火球飛出，被火球砸中的獸群紛紛化作灰燼。

左邊同時傳來獸類互相撕咬的聲音，白優聿瞠目看著好幾個巨大的黑影揮開擋路的豺狼獅子等，一頭巨大的金毛獅子飛蹤過來，獅子背上騎著一個熟悉的人。

「……是凱爾和布魯克！」望月同樣一臉震驚。擁有和獸靈結下盟約的凱爾怎麼可能出現在這裡？

「還有噴火怪物喬。」白優聿看著右邊玩火玩得興起的某個紫髮男人。這麼一來，路克大概也來了，打開了原夫二人布下的結界讓其他人進來，也只有他才能夠做到這一點。

嘴角一揚，白優聿抑住某種激動的暖意，一揚手，細線極快解決了攔在前面的獸群，凱爾這個時候也騎著布魯克來到二人面前，低呼一聲「望月先生你看起來很糟」，成功換得金髮少年的一記冷瞪，白優聿拉過望月直接躍上布魯克的背後。

「嘖嘖，這種以幻術變出來的獸很難吃，品質太差了。」布魯克的聲音變為成熟的男音，和凱爾重新結下契約之後，他已經變回十三年前的使魔布魯克。

「回去我再給你燉一鍋牛肉！」凱爾摸著布魯克的頭，金毛獅子縱起，載著三人飛快竄向前方，凱爾轉身大聲說著。「白先生、望月先生，路克在前面打開了缺口，出去之後請快逃，我們會設法阻攔追緝隊——」

白優聿又是感動又是感激，突然眼前黑影一閃，他大聲喝止。「布魯克，停下！」凹陷的地面噴出好幾根水柱，來不及停步的布魯克左右縱躍，卻閃避不及最後一根水柱，慘呼一聲，騎在他身上的三人也被甩出去。

鐵鍾再次向倒地的凱爾和布魯克揮落，白優聿急揮細線纏住飛揚的鐵鍾，僵持了一下，原夫也出現了，一前一後斷去他們的去路。

「你太高估自己的能力了，這一次就看你怎麼阻擋兩個墨級引渡人的攻擊！」憤怒的原夫一吼，飛揚也露出冷笑。

四周的氣場頓時驟變，兩個墨級引渡人散發出來的靈力壓得他們喘不過氣。

對方二人卯足全力的話，白優聿和望月壓根兒沒勝算可言。

兩個墨級的靈力衝撞之下，劇烈狂捲的風像是利刃，狠狠劃過他們的身體。

白優聿的第一個反應就是要推開望月，自己正面迎上原夫和飛揚。

但幾乎同時，望月也是緊扯他的手，同樣要將他推開。

互覷一眼，二人同時看到對方眼中的豁出一切。白優聿忍不住咬牙大叫。「你瘋了！這樣真的會死——」

「我們是搭檔，不是嗎？」

是拍檔的話，就一起死、一起活。

狂捲張揚的風猛地停下，陡變在這一刻發生了。

風聲靜止，獸群吼叫聲消失，原夫和飛揚保持剛才的站姿，眼皮也沒眨一下，遠處喬射出的火球誇張的掛在半空，沒有爆開也沒有落下，林子裡的時間彷彿凍結了。

白優聿看向身側的望月，少年臉上的震驚不亞於他，同樣對眼前的狀況感到不解。

「時間……靜止了？」

白優聿低喃，猛地倒抽一口氣。望月這個時候也發現到了他吃驚的理由，同樣倒退一步。

他們腳下出現點點螢光，螢光往四方流竄，構出蓮花般的圖騰。光圈瞬間形成，一股柔和沁暖的力量湧出，華光四溢的同時有一個模糊影子似乎正要從地面迸出來。

這和他們在淵鳴地牢中經歷過的情形一樣！

但上一次他們沒來得及看清楚模糊影子的實體是什麼，這一次他們看清楚了。

那是兩把精緻華麗的雪白大劍。

大劍從地面迸出，插在二人面前，發出神聖的氣息。

白優聿的喉頭滾動了一下，伸手握過劍柄。

微微灼痛的感覺傳來，他看著自己的右臂被某種力量刻上幾個古老難懂的文字，光芒散去的同時，他看到望月也拿起了面前的長劍，若有所思的按著自己的右臂。

「這是什麼？」望月也看過來，他的右臂上也是多了幾個古老的文字。

白優聿搖頭，打量著手中的大劍。

手中的大劍劍身晶瑩閃亮，劍身中間有一個十字的刻痕，劍柄處雕上兩隻蝴蝶的圖騰，像極了少年的封印。他收緊劍柄，劍身發出清脆的嗡聲，那是蘊含力量的聲音，裡面蘊含著他熟悉的兩股力量。

他豁然省悟。「望月，這是你和我的封印結合之後幻化出來的武器。」

「這是……心靈共鳴之下幻化出來的武器？」少年露出難以置信的表情。

苦練了多時未有進展的心靈共鳴竟然在如此危急的時候達成？

「呵，試試看就知道了！」白優聿指向前方，原夫和飛揚彷彿進入了慢鏡頭，緩緩移動自己的身體，獸群的吼聲也是極緩慢的響起。

大劍一揮，白優聿掠向前，迎擊向飛揚揮落的鐵錘。

飛揚似乎沒料到他的動作如此疾快，而且也沒看到他手中的大劍是從哪裡得來，急忙橫過鐵鎚擋下迎來的劍招，某種銳利刺耳的金屬碰撞聲響起，火花四濺之下，鐵鎚被大劍削去一小半，墨級引渡人嚇得臉色也轉白了。

另一邊望月對上馭獸的原夫也沒絲毫處於下風的跡象。大劍揮動之際，撲上來的獸群盡被劍風掃得化作螢光飛散，原夫見情勢不對，雙手飛快翻印，望月當然不會給他這個機會，口中喝斥。「冥銀之蝶，如月！」

這一招本來只會激射出月華之光幻化的箭雨，依原夫的等級對方應該可以閃避得過，但月華之光迸射的同時，無數的細線纏上原夫的四肢，沒把望月這枚見習者放在眼裡的原夫大吃一驚，急忙喚出馭火咒，細線的攻擊緩下，他趕緊後躍避開，但臉上和手臂卻被月華之光化作的箭雨劃出好幾道口子。

望月第一個反應就是看向白優聿，以為他出手幫助自己。後者同樣吃驚的看著他，他這才愕然看著手中大劍。

他剛才竟然同時召喚出冥銀之蝶和聖示之痕的力量？

這就是練成心靈共鳴之後產生的力量？

「該死！」覺得受辱的原夫大吼一聲，原本肥矮的身軀倏地膨脹起來，活像一顆皮球。

望月和白優聿還沒搞清楚狀況，熟知原夫力量的飛揚趕緊躍開，避免捲入原夫的攻擊範圍內。

原夫這顆皮球越來越脹大，猛地張口一吼，一隻長得有兩層高的巨大猛獸驀地從地面竄起，動作快捷的掐過白優聿和望月的腰身，將他們狠狠甩撞上樹幹，幾乎同時，二人哇的一聲噴出一口血。

沉重龐大的力量繼續擠壓下來，巨獸的大爪子不斷拍打向他們，白優聿舉劍擋下那股力道，全身骨骼發出格格聲音似要斷開，身周塌下的泥土不斷飛濺，他和望月的雙腳已經深陷入泥中，再這樣下去他們會被活埋了！

要活命就必須打倒原夫！但原夫站在長劍到達不了的地方，唯一的方法只有——

「望月！」他瞇起眼睛大叫。

知道了，咒言是吧？熟悉的聲音鑽入耳朵，少年沒有開口，只是以意念傳達了自己的意念。

他一訝，隨即會心一笑。對喔，現在他聽得到望月的意念，望月自然也聽到他的意念。

望月，就用「那個」咒言吧。

「十字聖痕，天蒼之滅！」閃耀的藍色光芒像是一道驚雷劈向站在遠處的原夫。

原夫露出輕蔑的表情，他的巨獸怎麼可能被區區一個十字聖痕級別的咒言擊潰？

驚雷肯定會被他的巨獸擋下。

但是，當他看著藍色光芒貫穿他引以為榮的巨獸，難以置信之下後退之際，驚雷已及胸口——

壓制他們的大爪子消失，巨獸的身軀化作灰燼，白優聿揉著刺痛的眼睛看向前方，只來得及看到原夫的身體晃了一下，隨即往後倒下。

飛揚大聲喊著原夫的名字，扶過重傷的原夫，以驚駭的眼神看向二人。

他和望月的臉色也變得極為難看，等到他發現原夫動彈了一下，還有氣息的時候，他才鬆了一口氣。

「望月，走了。」再拖延下去，淵鳴的追緝大隊就要來了。

少年愣了一下，點頭跟上他的步子。電光石火間，一柄長矛倏然刺來，望月連忙舉劍一擋，對上一張噙著冷笑的東方臉孔。

「青佐?!」望月低呼起來，白優聿也停下腳步，迎上臉罩著黑布，只露出兩隻眼睛的澤拉。

「時間剛剛好吧?澤拉。」青佐輕蔑的看著望月，問著攔下白優聿的澤拉。

澤拉不是一個多話的人，什麼也不說，冷瞅著白優聿，眼神有些異樣。

「白優聿。」

「我知道，線索送上門了。」

「至少要生擒一個。」

明瞭彼此意念之後，兩抹身影一左一右躍開，青佐冷笑著追上望月，澤拉也是身影一閃追上白優聿，速度快得讓人匪夷所思。

「你到底是誰?」雙劍交碰，白優聿忍不住喝問，澤拉的眼神卻落在他手中的大劍上，掠過驚訝。

「不說就罷了!我要你帶我回去見蘭可!」大劍重重揮落。

澤拉逸出一聲冷笑，手一翻，另一隻手也握了長劍，一銀一黑的擋下他的攻擊，以快打快的回擊。

他沒有退讓，不比上次的信心不足，這次他是卯足了全力，噹啷一聲，澤拉的銀劍斷成兩截，他再次一揮劍，另一把黑劍也斷了。

澤拉後躍逃開，身影很快鑽入樹影中，他緊緊追上去，追出望月的視線範圍。

「你躲不了的，澤拉！」一揮手，他動用了少年的封印力量，擅長追蹤的冥銀之蝶飛向前方，聚在左首的方向飛舞起來。

這一下找到了！

他邁開步子的同時，清脆悅耳的鈴鐺聲響起，他怔住了。

澤拉從躲藏的地方走出來，手裡重新多了一把長劍。這把長劍意外的眼熟，足以讓白優聿瞬間失神。

劍柄處繫著五顆大小不一的銀色鈴鐺，他知道當長劍揮動的時候，鈴鐺會隨著擺動而敲出不同的聲音。

記憶深處某個身影躍了出來，那女人擁有同樣的武器，使用長劍攻擊之際，快捷敏銳的動作讓鈴鐺往往響個不停，因此這人的攻擊被行內人稱為——舞動旋律。

想到這裡，他勃然大怒，咬牙切齒一吼。「你這個該死的冒充者！」

他怎麼可能忘了澤拉就是上次襲擊潘隊長的人呢?對方竟然還敢在他面前重施故計，冒充他最敬愛的臻！

他要殺了澤拉！讓望月生擒青佐就夠了！

澤拉站在原地，動也不動，鈴鐺聲揚起，他在白優聿舉劍逼前的同時扯下臉上的黑布。

清秀的臉蛋上有著許久未見日頭的蒼白，澤拉眨了眨眼，瞳色開始有了變化。

白優聿的步子停下了，大劍硬生生止住去勢。

他瞠目看著眼前的澤拉。一時之間，他以為自己回到了三年前的那個時候。

他和「她」相處多年，經歷過許多許多，那是他不可能錯認的她……但，三年前，「她」死了。

他的眼神牢牢盯著眼前的人，不斷告訴自己這是敵人的幻覺。

必須打破這個幻覺。

他告訴自己，卻喘得厲害，心跳整個失序，耳朵嗡嗡作響，手心、額頭盡是汗水。

戰戰兢兢的，他伸出手想要戳破敵人的幻覺，微冷的手卻伸了過來，一如以往般的輕輕撫著他的臉頰。

「不記得我了嗎……聿。」聲音略沉卻是熟悉的溫柔。

噹啷一聲，他的大劍掉落在地，如遭雷殛的看著眼前那雙湛藍瞳眸。

CH7

光明的背叛者

白優聿不見了。

飛揚帶著受重傷的原夫回到總部覆命，參與營救白優聿和望月的路克等人在淵鳴追緝大隊趕到之前撤離，根據飛揚的描述，望月似乎在撤離之前還沒找到白優聿，被路克等人強行帶走。

唯一肯定的是白優聿失蹤之前曾與蘭可的手下澤拉對戰。

總帥的辦公室內，剛破口大罵一頓的索拿坐在主位上露出懊惱的表情，站在他面前的淵鳴掌樞玄玥和獨羅掌樞藍斯默默承受這位代理總帥的火氣。

「三天！三天之後，不論你們採取什麼手段都好，我要你們捉到白優聿和望月！」語畢，索拿咬咬牙。「就算他們死了，我也要見到屍體！」

「是的。路克、喬還有凱爾這三人，您打算怎麼處置？」玄玥面無表情問著。

「這三個知法犯法的敗類！捉到他們之後，撤去他們的封印，放逐到大陸極北的苦寒之地！」

撤去封印這種責罰一般用在重犯身上，比之革除引渡人身分的責罰還嚴重上幾倍，封印一旦被撤，引渡人能不能夠活命已經是一個問題。

藍斯微抬首，看了一眼玄玥。後者百年不變的冰冷臉蛋上掠過一絲微訝。

玄玥也沒想到事情會演變成這個局面？

「望月是梵杉學園的學生，玄玥，妳派人盯緊梵杉學園的師生，以防望月等人潛入，特別派人監視修蕾，她是最可能接觸望月的人。」索拿要斷去這些人的後路。

「另外藍斯，獨羅組的莎·米露費斯暫時撤除一切職務，菲利斯已經帶人去波蘭多城接梅亞女士過來總部，她們母女二人會暫時住在總部直到白優聿被捕為止。」索拿冷睨一眼對方，他知道對方沒把自己看在眼裡，再遲一些他一定要撤換這個人。

「這是變相的軟禁？」藍斯冷笑。

「這是保護她們母女的措施，落單的白優聿會找上她們。」後面這句話才是重點。索拿冷聲問著。「你對這樣的安排有意見？」

「嘿，我只是在想代理總帥您連知會一聲也沒有，就調動我的副手、撤換我的人，和某個人相比，給人一種差得遠的感覺。」

「差得遠？」索拿瞇眼，心中盛怒。「看來你對我這位代理很不滿意。」

「您也不見得滿意我這位掌樞。」別以為他不知道菲利斯最近的小動作。

「既然大家都不滿意，我不介意向長老會提出改革。」

「噢，這麼快就要建立自己的勢力了？」

辦公室內飄散著濃濃的火藥味，外面突然有人敲門進來，索拿認出對方是長老會的手下，揮手示意對方出去外面等他，站了起來。「我還有其他事要忙，你們別忘記我的吩咐，做好自己的分內事。」

越過藍斯身邊的時候，他還特地瞅了對方一眼，藍斯跟著玄玥走出總帥辦公室，冷哼，「那傢伙不可一世的樣子，真令人作嘔。」

他真的開始想念狐狸總帥了，他邊想邊搖頭。「玄玥，妳不覺得最近長老會和索拿行事充滿神祕感嗎？」

玄玥睨他一眼，沒有意見的斂回視線。

真是一個木然冷漠的女人。好吧，他說白一點。「妳打算按照索拿的吩咐去做？」

「他是代理總帥。」這次有回答了，意思是索拿是上級，她是一個絕對服從上級的人。

藍斯沒話可說，本來想盡一盡道義告訴她修蕾已經離開梵杉學園這個情報，但轉念一想，他還是決定讓這個女人去碰釘子。「妳加油吧，我要去忙自己的東西了。」

「有重犯的消息請務必通知我，謝謝。」

「噢，不必客氣。」隨口應著，他根本沒打算去查尋重犯等人的意思，他要忙的是另外一件事。

拐彎走出總帥辦公室的那道走廊，他的步子變得疾快，身後的微微風聲也緊隨上來，他嘴角一勾，直接翻身跳過欄杆，往下躍去。

風聲也緊隨而至，打定主意不能跟丟人。

黑色斗篷揚起，飄揚落地，落地之後卻動也不動。

隱身起來的追蹤者驚了，連忙現身，緊張上前一掀斗篷。

斗篷下的男人早已失去蹤影。糟！被甩脫了！

躲在牆角看著追蹤者緊張離去，藍斯拍拍身上的灰塵，搖身一變化作索拿的樣子，仰首闊步走出去。

「想跟蹤我，再練個十年吧。」他低喃一句，走出大樓。

他應該到教廷去拜訪一下了。

「妳確定？附近百里之內都沒白先生的氣息？」

「是的，主人，蒂思和密絲分兩個方向去找，一樣找不到白大人的氣息。」

化作人形的一對蘿莉姐妹花站在凱爾面前，身後的黑翼隱隱可見，她們是一對雙生的獸靈，前身是森林裡的蝙蝠，在凱爾找回記憶之後重新和他結下契約，變成他的獸靈。

這是激戰後的第二個晚上，地點是梅斐多城外偏遠小鎮的一間小民宿。

話說林子裡的一場大戰之後，打敗飛揚和原夫的白優聿和望月遇上蘭可的手下。白優聿緊追澤拉消失在林子的一端，望月則和青佐對敵，喬趕來助陣，二人成功生擒青佐，淵鳴的追緝大隊也在這個時候逼近了，路克極快做了一個決定，帶著喬、凱爾、望月和擒獲的青佐先撤，留下暗號吩咐白優聿趕來和他們會合。

但，等了一天一夜，白優聿並沒有出現。

各人用盡了一切辦法，還是沒聯絡上白優聿。

「白先生該不會遭遇不測了吧……」凱爾說到這裡被人推了一下，他登時注意到坐在角落處一臉陰霾的金髮少年，連忙改口：「不，白先生一定是擔心被追蹤所以暫時藏起來了。蒂思、密絲，妳們再擴大搜索範圍。」

「主人，引渡人總部加派了不少人手在追查我們的下落，如果擴大搜索範圍的話，會被他們發現的。」

凱爾露出為難的表情，躺在一旁養傷的布魯克開口了。「主人，讓布魯克去，混入人群的話說不定能更快查到消息。」

「不行，你的腿傷還沒好，再說總部的人對你使魔的身分很敏感，一下子就被識破。」凱爾連忙拒絕，沉默許久的少年終於出聲了。

「不必找了。」

「咦？望月先生？」凱爾很想說些安慰的話，卻又擔心少年會更不高興，向一旁的喬使個求助的眼神。

「放心好了，那個傢伙是打不死的蟑螂，一定還活著。」雖然這樣的形容詞有些奇怪，但喬就是有那個信心。「可能就好像凱爾說的，他擔心被跟蹤所以暫時躲起來，應該很快和我們會合。」

望月沒有反應，只是陷入自己的思緒中。

「與其擔心那個傢伙，不如做一些更實際的，路克說那個叫青佐的混蛋清醒了，要不要一起去逼供？」這樣一來他們可以更快掌握蘭可的行蹤。

「青佐先生未必會說實話。」凱爾擔心的道。

「嘿，等我慢慢把他烤成熟鴨子的時候，他就會說實話了。」

「喬先生，這樣似乎有點不人道。」

無視正在討論的二人，望月霍地站起，二人也噤聲了，他看著他們。「請先讓我單獨和青佐說話。」

喬和凱爾面面相覷，考慮了一下，喬點頭答應了他，他立即離開，動身前往青佐所在的房間。

房間內，路克靠在椅子上打盹，在他走進來的時候醒了過來。知道他的來意之後，路克讓出這裡的空間，讓他和青佐可以單獨對話。

躺在床上的青佐雖然承受不輕的傷勢，但在路克的治療下已經恢復了意識，為防他逃走，路克特地設下雲鯉的限制，讓青佐除了頭部之外，身體其他部分皆動彈不得。

「呸，又是另外一隻喪家之犬？」劈頭第一句就是譏諷欠揍的話。

「我想問你一件事。」望月沒被他的挑釁惹惱，冷靜的坐在床沿。「你和澤拉出現的目的是什麼？」

「嘖嘖，你比我想像中更蠢，你認為我會說嗎？」青佐譏笑兩聲。

「你會，因為待會兒進來審問你的人會讓你知道什麼叫做痛苦的滋味。」

「金毛的，你不必嚇我，我懂事開始就是一個在刀口上混的殺手，我見過許多你想像不出來的殘酷。」

「是嗎？被同伴出賣的殘酷，你也見識過？」

他冷然說著。「蘭可的一眾手下裡頭，你的能力是最弱點一個。如果蘭可想剷除白優聿和我，斷然不會派出你作為澤拉的拍檔。」

應該會派出那個失明的琰才對。或者是蘭可親自現身。

青佐瞠大眼睛瞪著他，聽著他篤定說著。「你是來作餌的。」

瞪著他好一下，青佐驀地爆出笑聲，彷彿他剛剛說了很有趣的笑話，笑到最後他的傷口扯痛了，劇烈咳嗽起來。

望月冷冷看著對方，拳頭握得死緊。

「就算是餌又怎樣？哈，只要我可以為蘭可大人效勞，就算死我也無所謂！」青佐邊喘邊說。

「你早就知道此行跟送死沒兩樣？」

「死有什麼可怕的，最重要的是蘭可大人可以得到他要的東西！」

「他要的是什麼？」

青佐偏首，欣賞著他臉上的緊張和迫切，刻意吊他胃口。「你想知道的話，先解開我身上的限制。」

望月盯著他，拳頭握了又鬆，鬆了又握緊，驀地重重揮出一拳，青佐痛呼出聲，他激憤揪過對方，再次揮出一拳。「你這個該死的人渣！說啊！蘭可要的是什麼？」

血跡在繃帶上散開，奄奄一息的青佐噙著譏諷的笑意睨著他，他氣得無法抑制自己的衝動，冥銀之蝶和十字聖痕幻化而成的大劍就這樣出現在他手中，劍尖抵著對方的咽喉，他雙眼通紅一吼。「說！不然我殺了你！」

青佐仍舊噙著冷笑，似乎在譏笑他不敢真的下手。

「你這個人渣——」

大劍就要刺入，暴喝聲響起，望月被人一左一右的架開，銀色長髮飄起，路克緊張上前施救，青佐也在這個時候暈了過去。

「靠！你差點斷了咱們唯一的線索！」喬忍不住爆粗口。

「望月先生，你的心情我們都瞭解，但你也不能衝動啊。」將人架開的凱爾一臉擔憂。

望月一甩手，大劍消失了，他頹喪的坐下，按著額頭讓自己冷靜下來。

喬想上前說他，被路克擺擺手阻止了，二人相繼出去，只留下凱爾在這裡。

凱爾猶豫了一下，上前坐在他身邊。「不必擔心，神會與白先生同在，祂會保祐白先生。」

「……是嗎？」他相信這個世上有神，但這一次神未必能夠幫到白優聿。

他感覺不到白優聿的氣息了。組成搭檔這些日子以來，即使他和白優聿相距再遠的距離，他還是能夠感覺得到白優聿的氣息，因為這是「以血解縛」的感應力。

但林子對決一役之後，白優聿的氣息完全消失了。

不是死亡，但屬於他的那股聖潔氣息確確實實不在了。

所以他才慌，衝動的要從青佐口中知道蘭可的計劃。因為他隱約覺得蘭可在這個時候派出澤拉和青佐的用意不簡單，尤其是在他細想之後，他憶起白優聿當日說的一番話。

有關伊格的預言……有關白優聿終究成為……光明的背叛者。

「是的，在這個時候我們唯有堅持自己的信念，希望我們來得及阻止赤色聖環的完全甦醒，阻止蘭可。」身為赤色聖環繼承者的凱爾擰緊了眉。

「赤色聖環的完全甦醒是怎麼回事？」望月聽出了不妥。

凱爾深吸一口氣，他好像從沒對這組拍檔提起自己重拾記憶過後發現的事實。

「赤色聖環當年被我爸爸封印，十三年以來處於沉睡的狀態，雖然被蘭可奪去了，但能夠讓赤色聖環完全甦醒的方法只有兩個，一個就是以繼承者的鮮血解封，另一個是以龐大的聖潔之力喚醒聖環。」

「龐大的聖潔之力？」

「嗯。大概相等於兩個到三個墨級引渡人的力量吧。」

這句話鑽入望月耳中，轟的一聲產生巨大迴響，許多模糊不清的影像在腦海裡掠過——

他猛地站起，還不小心打翻了椅子，驚動了守在外面的路克和喬。

「凱爾！如果……如果蘭可的力量再加上白優聿的，聖環有可能完全甦醒嗎？」衝進來的路克和喬看到少年緊張攫過凱爾的肩膀，激動問著。

凱爾一臉震驚看著他，臉色一下子變得蒼白，他很快搖頭。「不會的，白先生不會站在蘭可的那一邊，絕對不可能！」

「難說，蘭可擅長的是催眠……」喬擔憂之下冒出這句話。

「不可能，望月先生和白先生已經練成了心靈共鳴！」凱爾極力否定。

望月聽到這裡稍微冷靜了，對，白優聿不可能被蘭可催眠，這樣一來就不可能幫助蘭可喚醒聖環。

路克卻在這個時候露出凝重的表情，他清咳一聲。「各位，有件事我放在心上很久了，總覺得應該說出來。」

「路克你就快說！」喬最沒耐性，立即催促。

路克看著他們，一字一句說出心底的疑惑。「上次看過潘隊長的傷勢之後，我反覆研究了多時，也重複看過資料中心對於舞動旋律的記載，我認為澤拉不可能複製出這種完美程度的攻擊。」

「……什麼意思？」望月手心微微冒汗。

路克一嘆。「那種程度的攻擊，旁人模仿不來，只有本尊才可以施出如此完美的攻擊。」

「不可能！本尊什麼的，臻・米露費斯早在三年前死了！」喬立即否認。「當年她入殮的時候，你還檢查過她的遺體——」

「如果那具遺體也是蘭可催眠下的幻象呢？」
喬頓時啞口無言，望月坐回原位，握緊微微發抖的拳頭。
如果澤拉真的是大家推測中的那個「她」，那麼一直緊隨「她」身影的白優聿知道「她」還活著，還選擇站在蘭可那一方，他會做出什麼抉擇？
其他人大概也想到了這個問題，皆是默不作聲的坐在一旁。
直到兩隻蝙蝠飛入室內，化作人形的蒂思和密絲姐妹一臉驚惶開口，打破了這片沉默。
「主人！我們收到一個壞消息！包括米蘭度城在內的幾個城市出現了惡靈襲擊！」

代表緊急疏散的鐘聲一遍又一遍的響起，來自教廷和引渡人總部的救援小隊正幫忙疏散居民到安全的所在。
一個夜裡，大陸幾個城市出現惡靈攻擊。為數不少的惡靈毫無預警出現，駐守各城市的引渡人小隊出動全員也無法阻止惡靈進襲，一夜之間折損了不少隊員，也傷了不少平民的性命。
引渡人總部召開緊急會議，決定暫停追緝的行動，火力全開對抗惡靈的進襲。總部直接派遣的引渡人在三個小時內火速趕到各個城市救援，連同教廷派出的騎士團，總算在黎明降臨之時控制住局勢。
惡靈的襲擊暫時平息，議院下令總部和教廷合力徹查惡靈突然出現的原因。進駐各個城市的救援隊伍也繼續留守當地，負責安頓流離失所的平民和救治工作。

也不知是從誰開始說起，關於惡靈突襲的流言在這個時候傳得沸沸揚揚。

大家都說這是女神降罪人界的徵兆。

傳說中十三年前身為上界天神之女的女神被人類殘忍殺害，女神臨死前留下預言：十三年後她將重臨人間，向世人宣判那滅殺女神之罪，世界也會隨著女神的震怒逐步走向滅亡。

惡靈的突襲正好印證了女神的預言，流言是這麼說的……

儘管引渡人總部連同教廷一起做出保證，所謂的女神預言只不過是刻意編造出來的故事，但不少平民陷入恐慌，引發了人為的混亂，議院派出軍隊平息混亂等等已經是後續的事情了。

夜色寂靜，幾抹黑影掠過，俐落翻身過牆，藏身在牆角下的花叢中等候著同伴的來臨。不多時，組內的同伴紛紛越牆進來，每個人都守在自己崗位上，靜候著上級的指示。

一個小時前，獨羅組副掌樞菲利斯傳來了消息，蘭可和他的手下們躲在米蘭度城郊外這棟華麗城堡裡面。

確認了消息的可信度之後，總部立即派出三支精英隊伍作先鋒，還有另外兩支隊伍在附近等候救援信號，為了避開蘭可的致命催眠攻擊，他們特地選出了多位擅長遠距離攻擊的引渡人，代理總帥還下了指令，必須在開戰的第一招就釋出殺傷力最大的攻擊，以便在最短時間內殲滅敵人。

畢竟這是一個和總部周旋了十三年的敵人。

一場激戰在那個無星的夜晚展開。但不幸的消息傳回了總部，總部派出的三支精英隊伍紛紛敗下陣來，折損了好幾個高階的引渡人，根據生存者透露，他們剛攻入城堡就被一陣強光包圍，緊接者痛楚襲來，慘呼聲響起，三支精英隊伍一下子遭到敵人秒殺。

他們甚至連敵人是誰也沒來得及看清楚。

雲吹組倒是傳來了消息，按照死傷者的傷口對比，經過分析之後，意外的發現傷口上殘留的靈力屬於墨級引渡人的級別。

索拿第一個聯想到了跟著澤拉一起失蹤的白優聿，因為只有白優聿才擁有墨級引渡人的靈力。

當即，總部發出聲明，白優聿投靠了蘭可的陣容，成為威脅大陸安危的一分子，頒下了殺無赦的命令。

白優聿成了名符其實的背叛者。

事情發展到了最壞的地步，卻是某些人預料之中的事。

位於某個隱蔽居所的偌大臥室內，銀髮男人正在細心梳理著女人的棕色長髮。

女人坐在鏡子面前，鏡面上反映出她極度蒼白卻難掩秀麗的臉蛋，她看著鏡中的自己，表情帶著淡淡的惆悵，更添一份楚楚動人之姿。

「我讓莉雅帶了腮紅過來，等一下我幫妳抹上，看起來就不會那麼蒼白了。」男人，蘭可以溫柔的聲音說著。

「也好，至少可以看起來像個人樣。」女人輕扯嘴角，露出極度不自然的笑意。

她的臉部肌肉仍舊僵硬，靈魂剛剛甦醒過來，尚未能夠完全融入這副軀體中，她連看鏡子也會被這張陌生的容顏嚇著。

這是屬於克羅恩的軀體，她只不過是借助他人軀體重生的寄宿者而已。

要不是當年那個可惡的男人，她不會落得今天的地步，身後的那個男人也不會為此承受許多的苦楚。

想到這一點，她的表情變得哀傷又憤慨。

「伊格。」男人喚著她的名字，安撫她。「別這樣，妳的靈魂剛剛穩定下來，不適宜太激動。」

「嗯。」她順從的頷首，緩慢伸手握緊他的手。

溫暖的，厚實的，她已經有十三年未曾握過男人的手。

她朝思暮想的就是想要重新握住男人的手，苦苦守候堅持不踏入輪迴也僅為了能夠與男人重續前緣。

「蘭可，我很高興。」她喚著他名字的同時，晶瑩的淚水滑落。

環過她臂膀的男人露出溫柔的表情，嘴角也微微揚起，髮絲掩去了他此刻泛紅的眼睛。

「能夠再次聽到妳喚我，這十三年，值了。」

「十三年，我們都錯過了許多。」她輕嘆，挨近他。「為了我們失去的一切，梵德魯必須付出代價。」

「那是一定的。」

伊格和他所想的一樣。承受了十三年名為「失去」的痛苦，要是不能讓罪魁禍首得到該有的報應，他們就算死也不會瞑目。
懷裡的人再次嘆息，擁抱了他，顫抖的身軀讓他更是心生憐惜，他緊緊擁抱著她，「別擔心，這次勝利一定是屬於我們，一切都按照妳留下的預言進行了。」
這個世界的真理正在顛覆，原本屬於光明的天秤已經傾向他們這一方。
那個重要的人物已經站在他們這一邊了。
「準備好了嗎？我們就要去面對這個遺棄了我們十三年的世界。」蘭可輕聲問著。
懷裡的女人抬起頭，水眸裡面有著他熟悉的堅定。他想，他知道她的答案了。
「琰、莉雅。」他喚著，站在門外的二人打開了門，正等著他和伊格的出現。
他們臉上充滿期待，這一天他們等了好久。
蘭可大步邁出，伊格緊隨他的腳步，二人手牽著手，在終於踏出室外的時候，二人彼此對望，露出會心的一笑。
琰走了上來，「蘭可大人，青佐已經按照原訂計劃，佯作承受不住酷刑吐露我們的行蹤，接下來要怎麼做？」
他們故意讓望月等人擒獲青佐是別有用意，總部的獨羅分設派人暗中跟蹤望月等人，想藉此從他們身上得到己方等人的藏身之處，結果青佐刻意透露假消息，把總部的人引至早就設下陷阱的地方，來一招甕中捉鱉。
當然，那兩人在這次事件中功不可沒，尤其是曾經和他交手一次的黑髮男子。
琰陷入思忖，蘭可已經開口吩咐。「你和莉雅一起去把青佐接回來，我和伊格要動身去找十三年不見的老朋友。」

「蘭可大人，不如讓我和莉雅隨同您兩位一起去？」深入虎穴始終太冒險。

蘭可睨他一眼。「你不必擔心，我們不打沒把握的仗。」

琰點了點頭。莉雅深深看了他和伊格一眼。「請您們一定要小心。」

「妳也是，莉雅。」蘭可摸摸她的頭，握緊伊格的手。「救回青佐之後，你們按照我的安排行事。」

「是！」二人異口同聲答應。

「走吧，伊格。」

隨著二人邁開步子，兩抹躲在柱子後面的身影也出現了。

一個是擁有湛藍瞳眸的女人，另一個是高挑的黑髮男子。女人拾步跟上的同時喚了一聲自己的同伴。「跟上來吧，聿。」

黑髮男子神情木然，眼神盡是冷漠和空洞，他機械化的跟上女人的步子，脖子上的雙十字聖痕封印格外顯眼，是豔紅欲滴的赤色。

重要的一戰即將展開。

CH8
蘭可的進襲

「廢物！」暴怒的聲音震耳欲聾。

站在梵德魯面前的眾人噤若寒蟬，除了玄玥依舊保持百年不變的冰冷表情之外，其他人包括索拿在內紛紛露出了愧疚的表情。

這七天來，他們不僅找不到白優聿和望月等人的下落，就連負責情報的掌樞藍斯也鬧失蹤了，更別提行蹤始終成謎的蘭可等人。大陸大、小城池此刻紛紛傳來惡靈襲擊的異象，流言四處飛竄，議院那班老傢伙也開始對引渡人總部表達了不滿。

承受許多壓力的梵德魯為此震怒不已，咆哮譴責的聲音不斷從總部大樓傳出。

梵德魯越來越心急了，最近頻頻發生的惡靈襲擊彷彿在印證某個被遺忘的預言，而且他昨晚作了一個奇怪的夢，夢見那張清純美麗的笑臉就近在咫尺，一覺驚醒之後那張笑臉仍舊揮之不去，讓他整個晚上不敢闔上眼睛。

偏偏站在他面前的這些人除了道歉之外，什麼也幫上忙，事情一點進展也沒有。

越想越氣，梵德魯一揮手撂下重話。「給我全員出動！淵鳴的、獨羅的，亦輪的也好，每一個都給我全力去找！我要你們把白優聿和蘭可等人就地處決！」

「白優聿和望月等人也是就地處決？」其中一個發出這個疑問。

對於蘭可，大家還能夠理解，但白優聿和望月等人只是逃走，用得著就地處決？

「我不容許任何的質疑。」

大家面面相覷，玄玥淡然開口：「梵德魯大人，對於你的決定我不敢質疑，只是全員出動的話容易讓敵人有機可乘，總部需要人來駐守。」

惡靈的襲擊耗去不少人手，逮捕重犯一事被逼延後，她明白梵德魯大人有多著急。但如果讓駐守本部的人員也一併出動，敵人恐怕會趁虛而入。

「難道淵鳴掌樞認為同樣駐守本部的長老們是無能之輩？」梵德魯瞇起眼睛。

「玄玥不敢。既然這是您的命令，玄玥定當遵從。」

他以長老會首席之名頒下這號命令，誰也不敢再有異議。當下，眾人散去，索拿等到大家離去之後，掩上了門。

「梵德魯大人，菲利斯傳來了密報，確定蘭可等人出現在梅斐多城的南部——」

「索拿，上次你也說同樣的話，結果你讓我們折損了十七個優秀的引渡人。」梵德魯打斷他的話，一臉冷肅。「我希望你不會再犯同樣的錯誤。」

「大人，這次不同上一次。」索拿急著保證。

梵德魯手一揚制止他說下去。「我要百分之百的確認，所以我要所有人出動，下了就地處決的指令，我要他們永遠沒機會說起當年的事！」

「……當年的事？」

自知說漏嘴的梵德魯惱羞成怒，霍地站起。「與其待在這裡說些無謂的保證，倒不如直接取下蘭可的頭顱過來見我！辦得到的話，我立即給你扶正總帥這個位子！」

索拿握了握拳，這些年來他一直以為梵德魯器重他信任他，沒想到對方竟然把他的費心費力批得一文不值。他忿忿不平，「我就不信一個被撤去封印的人有多大本事！請您等著，我一定會剷除蘭可這號人物！」

一說完，他轉身離開。梵德魯盯著他的背影，冷笑搖頭。

他不該對索拿抱持太大的希望，尤其是事態緊急的現在。

他若有所思看著窗外，突然發現窗臺玻璃反光之下輝映出一道熟悉的身影站在自己身後，大驚之下他站起回首，椅子也被他踢翻。

後面什麼也沒有，只有窗口樹枝晃動投射進來的影子，梵德魯拭去額頭的細汗，心神不寧的坐下。

他感覺到「那個人」回來了。十三年前「那個人」的氣息徹底消失，但隨著伊格的復活，那個人似乎也隨著活了回來。

不……一定是自己多慮了。他知道那個人雖然是伊格的雙生妹妹，但並沒有繼承到任何的能力，伊格承受了完整的能力，「那個人」卻是一個普通不過的凡人。

所以當年被囚禁的僅有伊格，而不是身為伊格妹妹的她。

再說，那個人死了十三年，亡魂也被滅殺了，他很清楚對方沒機會再出現，除了當年的相關人物之外，不會有人知道那個人的存在。

他現在唯一要擔心的是蘭可和伊格。為此他需要好好休息一下，前方等著他的將是一場關乎著性命和名譽的戰役。

「梵德魯大人，日安。」一把聲音喚住他。

梵德魯微挑眉，一回首迎上一個年輕人，按照徽章的顏色來看應該是獨羅組的，「我說了要全員出動！菲利斯已經動員探查敵人蹤跡了，你怎麼還留在本部？」

「因為我是特地來見你的。」對方嘴角一勾，髮色和輪廓在瞬間轉變了。

銀白色短髮，俊美的輪廓，但一邊臉龐上卻有著難看的疤痕。

男人對著他笑，眼神卻是異常冰冷。

梵德魯一驚，兩抹人影一左一右躍下，阻攔他的退路，仔細一看，他更是驚訝了。

銀色細線席捲上來，地面上出現一個巨大的傳送法陣，梵德魯瞪著敢直闖本部的重犯們。

「好久不見了梵德魯大人，這一次就讓我們盡情敘舊吧！」蘭可冷笑說著。

「啪——」

震天的聲響傳出，牆壁出現一個大窟窿，起著防禦作用的法陣紛紛啟動，幻化出好幾個高壯的巨人，揮動著鐵錘往入侵者衝去，一道寒光掠過，巨人的身體被砍成兩截，銀劍再次一揮，從左側攻上來的巨人同樣被砍成兩截。

幾乎同時，細長的韌絲纏上右側與後面進攻的巨人，輕輕一扯，巨人被扯得支離破碎，黑髮男人收回細線，指向地面上的法陣一斥。「十字聖環，天蒼之滅。」

驚雷把地面劈出一個大窟窿，防禦的法陣登時失效，幻化出來的巨人也消失了。

「收拾乾淨了，蘭可大人。」黑髮男子以平板的聲音說著，眼神不帶一絲情感。

「謝了，聿。」蘭可頷首，牽過伊格的手，慢步走進偌大的廳堂。

跟在二人後面的是澤拉，她雙手握劍，一黑一銀，銀色長劍末端繫上五個大小不一的銀色鈴鐺，正隨著她步伐的擺動而發出微微聲響。

她回頭睨了一眼被破壞得徹底的總部大樓，微微瞇眼。

「澤拉，怎麼了？」蘭可叫著她。女人搖頭，眼神卻掠過一絲異樣，他挑眉，「妳後悔了嗎？」

「沒有後悔不後悔的，別忘記你答應過我的東西。」澤拉冷哼。

蘭可的嘴角一勾。「我沒忘記。放心，事情完結之後，我會遵守諾言。」

澤拉的眼神落在最前方的白優聿身上，稍稍握拳，不作一聲跟上白優聿的腳步。

蘭可斂回打量的眸光，身側的伊格卻握緊他的手，輕輕搖頭，他明白她的意思，重新邁開腳步。

他們的目的地是總部大樓的頂端。等待了十三年的革命即將在這個地方開始。

他會在這裡公告天下，讓全天下人知道十三年前的經過，知道梵德魯的罪行。

握在掌心的小手異常冰冷，蘭可斜睨一眼身邊的伊格。她的表情有些不自然，想必心情正在緊張，他輕拍她的手背，給她一記安撫的微笑。

一行人浩浩蕩蕩闖入總部，除了入口處遭到阻攔之外，一路上並沒有出現任何妨礙。雖然蘭可已經從淪為俘虜的梵德魯口中得知，總部的人盡數出動去保衛各個城池以及追尋重犯們的下落，但他們一路無阻的進入樞密重地實在有些匪夷所思。

正自思量，四周傳來微微的異動，蘭可停下腳步，擋在伊格面前，前後二人也停下來了。

黑壓壓的一片，緩緩從地面浮起，仔細一看，全部都是看似人形的幻影。

「到此為止了，蘭可。」熟悉的聲音落下，同樣從地面浮起的女人以百年不變的冰冷表情宣布。「這裡不是你可以進入的神聖重地。」

「神聖重地？玄玥，十三年不見，妳還是和以前一樣的呆板和天真。」打量這個從小時候開始就繃著臉的玄玥，十三年的時間讓小女孩長大了，卻無法讓她的死腦筋開竅，蘭可冷笑，「表面光鮮聖潔的底下往往藏著無數的黑暗，自詡站在光明一方的妳有沒有想過，你們引渡人的威信是建立在多少的屍骨之上？」

玄玥不為所動。「不必多說，既然被我捉到了，請停止無謂的掙扎。」

「哼！」他們豈是甘願束手就擒的人。蘭可環顧四周黑壓壓的影子，語帶輕蔑，「就憑妳一人，可以捉下我們？」

冷冷的眸光在眾人身上流轉，看到白優聿的時候露出訝異之色，但玄玥很快鎮定下來。「發現你們入侵之後，我已經發布了消息，最靠近總部的引渡人隊伍隨時會趕到支援，在那之前，我只要攔阻你們就好了。」

她的能力是操控影子，凡是有影子投射之處，都是她攻擊的範圍。而且影子是無生命的虛體，即使影子軍隊被毀去，她還是可以重新召喚，發動無數次的攻擊。

驀地，一片刺眼的光芒綻放，她下意識抬臂擋在面前，光芒瞬間逸去，她駭然發現自己的影子軍隊消失了，地面變得如鏡面般光潔澈亮，飄浮著類似古老咒言的符號，一抬頭，白優聿不知何時站在她面前。

玄玥瞠目看著瞳眸一黑一綠的黑髮男子，還有他脖子上赤紅如血的雙十字聖痕封印，聽著對方冷聲開口：「蘭可大人，這裡交給我處理。」

蘭可頷首，挽過伊格的手大步往前，身後的澤拉在越過白優聿的時候想開口說話，但終究咬緊牙關走開。

身後響起了玄玥的厲喝，一陣壓迫性的靈力波動之後，玄玥失去了聲響，澤拉知道最終的勝利毫無意外的屬於誰。

只是，黑髮男人在清醒之後會痛不欲生嗎？這幾日來，這個問題一直在澤拉腦中盤旋不去。

她握拳，眼神再次落在蘭可和伊格身上。

三年前，這個男人在白優聿面前製造她的假死現象，他則帶著重傷的她返回地下基地，將她治癒之後給了她一個抉擇。

她可以選擇以臻．米露費斯的身分重新回到白優聿身邊，條件是她的母親和妹妹將會淪為他催眠術下的犧牲者。

第二，他讓她以澤拉這個身分重生，協助他讓伊格復活並幫他扳倒總部的人，但事成之後他承諾會放過她的家人和白優聿，讓他們得到自由。

如果她未見識過蘭可的力量，她會毫不猶豫和這個男人抗衡到底。她相信自己和白優聿絕對有能力保護母親和小妹。

但她見識過了蘭可的雲鯉之聲，即使封印被撤去一半，他還是以聲音操控人心的力量。她曾經想過回到總部聯合大家的力量對抗蘭可，但蘭可說了一個她不知道的事實。

她在催眠期間，濫殺了鎮上十個無辜的性命，白優聿也是在這個情況底下被逼出手制止她。

如果她選擇以臻的身分回去，即使大家相信她是無辜的，她還是殺害了十條人命，身為殺人犯的她將被淵鳴判決終生囚禁，母親和妹妹會因為她遭受唾棄和鄙視。

她已經踏入蘭可設下的圈套，踏上一條黑暗的不歸路。

在蘭可帶著她回到波蘭多城，讓她看著傷心落淚的母親和妹妹並要她立即做出抉擇的時候，幾近崩潰的她做出了一輩子最痛苦的選擇。

她選擇背叛白優聿，保住自己的家人。

曾經與死神擦肩而過的她不害怕死亡，卻害怕自己愛護的家人受到傷害，蘭可絕對是那種為了達到目的不擇手段的人。

她自私的讓白優聿陷入深深的愧疚，讓白優聿變得萎靡不振，最後自我封閉，失去封印也選擇退出引渡人的行列。

當時的她還認為白優聿退出引渡人行列是一件好事，至少他可以重新振作，也至少……以後不必再與他為敵。

等到她發現是她把事情想得太簡單，卻是不久前的事。

在蘭可等到赤色聖環之後，她終於明白蘭可當年威逼自己的原因。聿擁有力量強大的雙十字聖痕，是伊格預言中重要的一員，為了得到白優聿，蘭可針對了自己來下手，因為只有通過這樣的手段，蘭可才可以順利得到白優聿這枚助力。

她後悔了，卻無法挽回已成定局的一切，等到事情完結之後，她知道白優聿會悔恨終生，也會恨極她這個人，但她發誓她會以自己的性命來保全這個男人。

眸光再次落在蘭可身上，澤拉微微瞇眼，對方的腳步也在這個時候停下。

她看到了讓蘭可停下的原因，也知道這一次應該由她出手除去這些障礙。

「讓我來——」

「不必了，澤拉，妳應該保存實力到最後。」意外的，蘭可阻止了她，這些人是剛離開總部不久的赤級引渡人，還有幾個應該是獨羅組的，都是一些雜魚。

蘭可在這些人發動攻擊之前召喚了三隻遠古魔獸，然後帶著伊格繼續往前。聽著那些年輕引渡人響起的慘呼和驚叫，伊格的眼神似乎有些黯然，卻還是跟著蘭可走。

離開大樓頂端只有兩層樓的距離，期間出現過一次阻攔，但很快被蘭可解決掉，三人終於到達了大樓的頂端。

遠處的夕陽西下，餘暉投射之下，地面看起來金光閃閃，蘭可看著地面上的刻痕，稍稍握緊伊格的手。

伊格輕輕點頭，擠出一絲微笑，但同樣看得出她的緊張。

他們等待了十三年的重要性一刻，終於到來了。

蘭可一揚手，地面上的刻痕隨著他口中低喃的吟唱產生變化，暗紅色澤的光芒一閃即逝，隱入地面，他一擊掌，半空撕裂，一個橢圓形的鳥籠緩緩平空出現，囚在裡面的正是尊貴的長老會首席——梵德魯大人。

梵德魯站在鳥籠中，怒目而視，「蘭可！你還想傷害多少人才願意住手？就算我失手被你擒下，也不代表你可以逃出這裡！援兵很快就會趕到！」

蘭可瞇眼，這還是十三年來他第一次仔細打量這個男人。

這個男人變得蒼老了，雖然聲音仍然宏亮如昔，氣勢不減當年，但他已無法對這個男人生起敬畏之心。

因為這個男人將他的信任踐踏在腳下，威武正義的面具底下全是虛偽，是一個道貌岸然的傢伙。

以前他總把此人視為天神，可以為對方的一句話赴湯蹈火，但仔細一想，自己在這個男人心中僅是一只棋子，還是一個可以隨時丟棄的棄子。

所以現在的蘭可很冷靜，等候了十三年終於可以對決的一刻並不如想像的愉悅，他反而覺得有些淒蒼。「梵德魯，這裡只有你和我，你不必再說假惺惺的話，我早就知道你的真面目了。」

「我不明白你在說什麼！我以過去師長的身分對你好言相勸，你要是再執迷不悟下去，誰也幫不了你！」梵德魯大聲斥責。

「執迷不悟？」蘭可失笑看著他，「請問尊貴的梵德魯大人，我做錯了什麼？當年做錯在先的人到底是你還是我？」

梵德魯冷哼。「你違背總部的意思，包庇足以威脅整個大陸的禍首，甚至與總部的人對抗，前後殺了四十多個本部的人，你是一個雙手染滿鮮血的兇徒！」

「我承認那些人是我下手殺的，但是你比任何一個人來得可惡。」蘭可淡淡的道，握緊了伊格的手，伊格正氣得輕輕發抖。「你披上正義的假面具，欺騙了所有的人，為了滿足自己的私慾，不惜以家人的性命威脅伊格，要她臣服於你！」

「我完全不明白你在說什麼！」

「你明白，我敢打賭你一定還清楚記得菲娜的樣子。」

「我不知道你胡言亂語說些什麼！不過我也敢打賭，你很快無法狂妄下去了，別看輕我總部的人！」

蘭可打量他，突然搖頭失笑，殘缺的臉龐看起來更加可怕。他攤開掌心，靈力形成的氣流在他指尖竄動，「是我失策了，我不應該用這種方式問話，該用你最常用的方式才對。」

梵德魯的臉色微變，似乎明白他的意有所指，果不其然，蘭可嘴裡低唸，指尖彈動，鳥籠結界內陡然長出幾條長滿尖長勾刺的植物，瞬間纏上他的四肢。

勾刺劃破衣衫，刺入肌膚，血珠很快沁出，梵德魯咬牙怒瞪，偏偏使不出一絲抵抗之力。

「你以前常說我對咒言這門課很有天分，只要配搭上我的封印雲鯉之聲，發揮出來的效果肯定讓人震撼。你現在震撼嗎？我花了好幾年研究出壓制你封印能力的結界，而且剛好我有一個手下對植物頗有研究，這些長著勾刺的植物是她特地栽培出來的珍品，有非常特別的功效。」蘭可的眼神變得森冷。

梵德魯全身一震，麻癢火辣的感覺自傷口處蔓延，劇烈痛感迅速延伸至骨髓深處，他咬緊牙關，卻忍不住痛得顫抖起來，「你……你想……怎麼樣？」

「我要你說實話，說出當年伊格的妹妹菲娜是怎麼死在你手下，說你是為了阻止伊格告發你而下達殺令，說你是如何為了保全自己而陷害我和伊格！只要你說，我就給解藥！」

蘭可咬牙，伊格的表情也充滿憤慨，他們等的就是他坦白承認罪行！

「誣陷……我無法……承認！」

血珠滴落，染濕地面，梵德魯牙關咬得格格作響，耳中嗡嗡作響，毒素似乎麻痺他的感知能力，他感覺不到痛意，只有深深的冰冷感覺。

「你可以選擇堅持，不過我忘記告訴你了，這毒素會破壞你的腦神經，再拖下去你恐怕會變得終身癱瘓，做一個如同廢人的長老會首席！」蘭可冷笑。

梵德魯的臉部肌肉不斷抽搐，齜牙咧嘴瞪著蘭可和伊格。

伊格挺直腰板迎視梵德魯的眸光，十三年前她深深畏懼這個男人，十三年後的她死而復活，只覺得這個男人可憎可恥。

「妳……想知道……她……她最後說……什麼嗎……」

梵德魯斷斷續續說著，唾液已經順著嘴角流下，整個樣子看起來有些猙獰。

伊格吸了吸氣，強自抑制心中的激動，卻忍不住輕輕踏上一步。她其實很想知道妹妹在十三年前臨終的一刻說過什麼。妹妹可曾憎恨無法保護自己的姐姐？

「伊格。」

她搖頭表示自己沒事，推開蘭可的手，來到梵德魯面前。「菲娜說了什麼？」

「菲娜……說妳……可……」

伊格屏息，等著梵德魯說下去。

「……索……索拿！」

破空響起錚的一聲，利刃如流星雨般掩至，插向伊格的咽喉。

千鈞一髮間，蘭可撲向伊格，失了準頭的利刃劃過伊格手臂，她悶哼一聲，蘭可擋在她身前，咒言擺動之下利刃盡數斷裂，他怒瞪著攻擊者的所在方向。

該死！他算漏了梵德魯身邊的另一條走狗——墨級引渡人索拿。

利刃順勢割斷了鳥籠內的有毒植物，梵德魯委頓軟倒，大口大口吸氣，雖然仍然被囚在結界內，但他畢竟是一個靈力深厚的前任總帥，一得自由立即自行施加治癒咒言，植物上的毒素已經威脅不了他的性命。

索拿從藏身之處走出，他不急著解開囚禁梵德魯的牢籠，緩步走上來。

蘭可扯下圍巾幫伊格包紮傷口，低呼一聲。「澤拉！」

一旁的澤拉握緊雙劍，卻沒有上前護主的意思。蘭可的眼神變得陰冷，擋在伊格面前冷瞪著澤拉和索拿。

「等等，我不想和你們交手。」索拿舉起雙手，看向澤拉的時候吹一聲口哨，「真要命！原來妳竟然假死，混入蘭可那一邊了！」他剛才還以為自己看錯了，近距離一看，這才證實澤拉就是以前他認識的臻。

他還細細打量復活的伊格，沒想到蘭可真的成功把死去的亡魂安置入活人的軀體內，這實在太不可思議了。

「斷刃索拿，你想怎樣？」澤拉以危險的眼神盯著光頭男。

「別誤會我的意思，我說了，我不想和你們交手。」索拿攤攤手，指向牢籠中的梵德魯。「做個交易吧，我把老傢伙交給你們處置，你們配合我做一場好戲，讓大家以為是我保住了總部，讓我順利坐上總帥這個位子。」

「你躲在暗處不出手就是要等這個機會？」蘭可瞇眼，覺得這個男人的手法和梵德魯如出一轍的可恥。

「沒錯。」在這些人面前，索拿也沒想要否認，他指著梵德魯，「老傢伙當我是他的狗，我受夠了，想做回自己的主人，這樣的話正公平，大家各取所需。」

蘭可冷哼，看向正在努力療傷對周遭事情置若罔聞的梵德魯，對方會預料到本以為是救星的索拿出賣他嗎？他看著地上的血跡，冷笑，「和我們談交易？你配嗎？」

「……你說什麼？」索拿一說完，登時一驚躍開，如同月華光芒的利箭紛紛刺向他剛才所在之處，他驚怒一叫，「你！」

「留下你的右臂。」傷害伊格的人都必須付出代價。

「呸，瘋子！」

眼見情況不對的索拿打算先避一避鋒頭，一轉身就迎上一株巨型的豬籠草，長滿利齒的血盆大口從頭頂落下，他一驚，右手一晃，一把及人高度的大刀平空出現，擋下了豬籠草的血盆大口。

腐蝕性的液體順著刀柄滴落，發出惡臭的味道。索拿一喝，舉刀揮砍，豬籠草的利齒硬生生斷裂，巨大身軀扭動了一下，極快往後彈開，隨著另一把聲音響起，豬籠草龐大的軀體縮成一個小黑點，隱入黑暗的角落。

不知從何出現的莉雅一臉不忿，瞪著傷害了她寵物的索拿。站在她身側的琰扶著看起來虛弱的青佐，同樣擋住了索拿的退路。

索拿冷笑，揮著大刀，另一條黑影卻在這個時候落下，他不禁一怔，冷哼，「白優聿，是你！當年你和臻故意製造假象讓大家以為她死了，就是為了等這一天！」

「索拿，你沒立場說這些話。」澤拉走上來，冷聲提醒對方剛才背叛了自己的主子梵德魯。

「要一起上嗎？好，我也很想見識舞動旋律和聖示之痕的力量！」索拿握緊大刀。

「白白！澤拉！我們一起上！他打傷伊格大人還有我的裴格斯！」莉雅憤慨不平。

蘭可瞇眼，伊格卻拉住他的手，他點了點頭。「各位，請冷靜，我們的首要目標是梵德魯。琰，事情辦妥了？」

「是的。」琰回答的同時，打起一記響指，空間開始扭曲，六個如拳頭般大小的黑色正方塊浮現，蘭可勾起了嘴角，揚手招來六個黑色方塊。

「這……這是……」索拿瞠目看著那六個黑色方塊。

「這是我十三年來收集到的珍品，彙集了所有強大惡靈的執念，以它們的執念壓縮成形的亡靈桎梏，這是我送給梵德魯的禮物。」蘭可笑了。

惡靈的執念是天下最可怕的束縛，可以使到亡魂墮落，也可以使到人類淪為惡靈，要將這些無形之物提煉成實體到底需要多長的時間？黑色方塊裡面到底容納了多少的惡靈執念？

「……你瘋了，蘭可。」索拿嚥著口水。

蘭可沒說話，凝神唸起咒言，他的聲音就是使令，六個黑色方塊飄浮在鳥籠的四周，正在療傷的梵德魯睜開眼睛，憤恨瞪著蘭可和伊格。

「你畢生追求力量，就讓這股力量伴隨你，讓你一嘗被至深的黑暗力量吞噬的滋味。」伊格深吸一口氣，表情哀傷，「這就是你害死我妹妹的代價。」

如果無法讓他吐實，那麼就讓他在痛苦中緩緩死去，這樣才能補償妹妹、蘭可還有她自己所受過的傷害。這是蘭可和她的共識。

梵德魯大吼一聲，釋出全身的力量想要和凝聚惡靈執念的六個黑色方塊抗衡，四周氣壓驟降，兩股力量相碰之下激起氣流竄動，眾人站在強風席捲下舉臂護面，眼看六個黑色方塊就要滲入梵德魯身軀的時候，一大片銀色的蝴蝶突然漫飛而至，纏上了黑色方塊。

一個巨大的雲鯉法陣隨後出現在半空，綻放出柔和的聖潔光芒，黑色方塊開始變得飄浮不定，去勢登時受阻。

突如其來的阻攔讓蘭可停下念咒的動作，看著乍然出現的三人。

金髮少年站在囚禁梵德魯的鳥籠前面，他的冥銀之蝶正奮力抵抗蘭可操縱的黑色方塊，在他身後，紫髮男人和銀髮男人同時出現，同樣護在梵德魯面前。

「果然是你，白優聿。」喚著男人的名字，望月的眼神黯然。「就因為她是你的前任拍檔，所以你選擇背叛我們？」他指向澤拉。

白優聿表情木然的看著他，彷彿他是一個陌生人。望月咬牙，目不轉睛盯著這個熟悉的男人。

「你們還是來了。」蘭可施然的走了上來。

CH9 十三年前的真相

白優聿的表情不變，蘭可冷笑，「你們每次都選在最壞的時間出現。」

「我們是來阻止你的惡行！」喬冷聲提醒。「蘭可！你不會得逞的！支援已經趕著過來了！」

「噢，聽起來你好像正打算等齊支援才動手，原來你也有自知之明，知道自己不是蘭可大人的對手。」莉雅不甘示弱回嗆。「不過就算支援來了，你們也阻止不了蘭可大人！」

「嗤，妳這個不知天高地厚的豬籠草少女！」

「不知天高地厚的是你們才對！」

話音剛落，大地突然晃動了一下，望月、喬和路克一怔，看著大樓四周突然湧起黑霧，如絲般的黑霧一縷接著一縷竄流，極快形成一層黑霧沖天的外牆，本是攻梵德魯的六個黑色方塊飄浮在半空，盤踞六個角落，築起一座以惡靈怨氣形成的結界。

被困在黑霧之內的三人面面相覷，耳邊聽著少女格格笑聲響起，望月以憤怒的眼神瞪向蘭可一行人。「你們做了什麼？」

蘭可身邊的琰推了推墨鏡，笑笑開口：「也沒什麼，我和莉雅只不過是在這裡打開了格利多芬之門的缺口，讓惡靈出來湊湊熱鬧，順道阻止你們等待的支援。」

路克和喬臉色大變，望月咬牙，「讓世界大亂、讓無辜的人死在惡靈的爪下，就是你部署了十三年的計劃嗎？蘭可！」

這次不是召喚一兩隻惡靈那麼簡單，他們開啟了格利多芬之門的缺口，正好給了潛伏在亡靈之門後面的惡靈作亂人界的機會！

惡靈們身上的邪念惡氣湧竄，形成了包圍大樓的外牆，他不敢想像蘭可能夠召喚出什麼惡靈，之後會出現的是什麼場面。

「為了得到公道，我必須這麼做。」蘭可一臉平靜的道。

「你要的公道是無辜人民付出性命的公道！」望月一吼。

蘭可臉上沒有一絲愧疚，揮手，「不要嘗試阻止我，你們付不起惹惱我的代價。」到了這個時候，他們沒有回頭的選擇，只能前進。

他拍了一下白優聿的肩膀。「這些人交給你了。」

這句話是開啟某個關鍵的指令，白優聿足下一點，像枝飛箭般竄出，望月一喝，「我來擋他！你們儘快打開結界！」

「望月！」喬來不及阻止，金髮少年正面擋下白優聿的去路，兩條身影極快的交戰起來。

他著急的看著明顯處於下風的望月，倏然一股勁風襲來，他忙不迭矮身閃過，琰一邊嘆息一邊走上來，「可惜啊，差一點就削掉你的腦袋了。」

「哼！別小看我！」

喬立刻展開攻勢，卻不敢遠離自家拍檔太遠，擔心正在專心解開結界的路克會受到攻擊。一旁的莉雅照顧著虛弱的青佐，專心致志的觀戰，他們都知道這一戰雙方勢必出盡全力。

蘭可仰首看著頭頂那片綻放柔和光芒的雲鯉法陣，再看了一眼始終站在一旁觀戰的澤拉。她的眼神牢牢落在白優聿和望月的身上，握緊長劍，一副蓄勢待發的樣子。

他很清楚她會出手相助哪一方，也很清楚她意欲相助的那人並不可能落敗。

「伊格，我們開始吧。」他不打算去參與這場混戰，轉身朝伊格伸出手。

伊格的樣子看起來疲倦極了，她的眼神有著哀傷，在他懷疑這是自己的錯覺之時，她柔聲問著，「我們真的要這麼做？」

「推翻眼前一切，讓所有的真相還原，是我們堅持了十三年的信念。」他牽起她的手，表情極為溫柔。「哪怕是要許多人付出性命，我們也必須這麼做，這是我們一早說好的，不是嗎？」

伊格嘴角微微一勾，聲音卻是顫抖了。「之前，我毫不猶豫，但現在我猶豫了，我們……會毀掉整個大陸，甚至整個人界。」

「如果不這麼做，梵德魯會得救而且還逍遙法外，召喚惡靈阻止總部的人，我們才能親自處決梵德魯這個人渣！」

「但……」

「伊格，我們沒有退路了。」

面對溫柔卻堅持的蘭可，伊格輕輕撫著男人的臉，觸手所及的疙瘩傷疤讓她眼眶也紅了。過去的記憶一一浮現，她想起了這些年來自己的怨與恨，這個男人的悲與苦，心中的猶豫頓時消失。

她恨的。也許她忘記了前世的許多，卻仍舊記得自己臨終前有多恨。

於是，她頷首了。「就讓我們開始吧。」

他笑了，笑容卻是哀傷的，握緊了她的手，彼此心意相通，彼此擁有近似的能力。他的聲音是指令，她的話語即是成真的現實，一起發聲召喚的話，召喚出來之物無人能阻攔。

那之後，就是梵德魯的死期。

漂亮的弧度劃落，形成盾牌的銀蝶斷截落地，血珠隨即滴落地面。

望月的身上多了幾道口子，痛意襲來，卻遠不及他此刻內心的懼意。

白優聿完全不認識他。黑髮男子的眼神和表情是陌生的，一如當晚在波蘭多城失去自我意識的白優聿。

他倏然握拳，咬牙一吼，「你給我清醒一點！白優聿！」

回答他的是倏然從地面竄起的銀色細線！冥銀之蝶連忙護主，紛紛被細線扯碎，望月狼狽的穩住退勢。

剛才那一擊，白優聿出盡了全力。

「白優聿！你看清楚！我是望月！」他不放棄再次呼喚，「我是你的搭檔望月！」

白優聿停下腳步，冷漠的眼神上下打量他。對方並不是認出了他是誰，倒像是蓄勢待發，等著展開下一波的攻擊。

白優聿被蘭可催眠了。毫無疑問的。

望月生平第一次頭皮發麻，白優聿的眼神充滿殺意，如果他不卯足全力迎戰的話，他的性命會斷送在對方手上。

但，他真的要和白優聿交手嗎？這樣下去的結局只有一個，就是三年前的悲劇會再次發生。

這些日子來他看得透徹，白優聿為當年發生的悲劇感到有多愧疚自責，要是三年前的悲劇再次發生，無論倖存下來的是哪一個，那一個人註定要一輩子自責難過。

該死！他該怎麼做才對？

就在他陷入遲疑兩難之際，白優聿開始了行動，對方嘴裡飛快唸著咒言，地面登時變得如鏡面般澈亮，浮現的「滅」字古老形體倏然粉碎，望月頭頂登時出現一個巨大法陣，細長銳利的飛箭像是流星般激射向他。

他喊出十字聖痕的咒言，冥銀之蝶盡數飛撲上前擋下飛箭，堪險閃過巨大範圍的攻擊，還來不及喘順一口氣，白優聿趁虛衝到他面前。

他一驚，舉臂擋下對方的重拳，對方極快旋身，一記飛腿踹向他胸口。

窒息般的痛楚襲來，望月張口咳出一口鮮血，重重摔跌在地。

領口被人揪過，他再次被白優聿揪起，白優聿的大手已經扣住他的咽喉。

一黑一綠的異色雙瞳毫無感情的看著他，隨著力道加重，望月的臉漲成紫色。

望月用力擊打對方的手臂，卻無法讓對方鬆開嵌制，缺氧的感覺越來越嚴重了。

冥銀之蝶想要飛撲上來護主，可惜都被白優聿的細線扯碎，一批又一批，支離破碎的銀蝶化作點點螢光掉落在地，像是逝去的光華般隕落，反映出主人此刻的絕望。

他的意識逐漸模糊，眼前的情景彷彿與半年前第一次和白優聿出任務時候的情景交疊，許多許多的回憶在腦海一閃即逝，一句清晰無比的話在他耳邊響起。

——因為我知道你是唯一一個在我墮落的時候拉我一把的人。

白優聿相信他。

衝著這一句話，他不能真的死在白優聿手上。他不能讓白爛人在清醒之後背負著一輩子的自責，再次變得和之前一樣。

他必須阻止此刻的白優聿，必須……喚醒白優聿！

右掌心驀地綻放了光芒，之前被他收起的一柄雪白大劍緩緩從他掌心浮現，這是他和白優聿練成心靈共鳴之後幻化出來的武器，如果要喚醒白優聿的話，他得借助冥銀之蝶和聖示之痕同化的力量。

請你們幫幫忙吧，我必須喚醒白優聿。

大劍彷彿聽到了他的心聲，在他手中不斷發出嗡嗡響的劍鳴，就在這個時候，白優聿似乎不滿意他久久還未斷氣，手一揚，細線纏上了他的脖子。

他瞠目看著白優聿，皮肉被堅韌的細線扯得沁出血珠，只要白優聿輕輕一扯，他的腦袋就會和身體分家了。

白優聿的眼神不變，臉上沒有一絲遲疑。

望月陡然間明白了白優聿當年的心情。生與死，自己或是拍檔，只能擇其一。

這已是箭在弦上，不得不發。

「白優聿……我說過……我們會一起闖過難關……一起回去……」

大劍發出劇烈之至的嗡嗡響，望月看著白優聿揮臂就要扯落細線，同時放開手，雪白大劍像是有生命般飛向白優聿身後，噗的一聲刺入白優聿後心，由前胸穿透而出，直接貫入望月的胸口。

「聿！」觀戰的澤拉驚呼衝上。

「望月！」路克和喬也同時驚呼。

望月眨著眼睛，明明看到自己和白優聿被大劍貫穿，但他並沒有感覺到痛意。仔細一看，前方的澤拉踏出兩步即僵在原地，路克和喬也保持同樣的驚駭表情，蘭可等人也各自維持之前的動作，就連惡靈發出的呼嘯也靜止了。

時間凍結了。

就在他意識到這一點之後，一陣濃霧倏然掩至，眼前的情景頓時改變了。

眼前一切不是總部的大樓，而是一個世外桃源的山谷，遍地種滿花草，卻無人影，顯得孤寂冷清。

望月緩步前行，山上的冷風颳起，冷得刺骨，凍得他雙頰也生疼。

這裡是什麼地方？

一個熟悉的身影坐在大樹下，看起來正在閉目憩息，他怔了一下，疾步跑上去。

那人被驚動了，睜開眼睛，露出狐疑的眼神打量他。

他同樣打量著看起來熟悉卻感覺陌生的黑髮男子。

男子的頭髮略長，幾及肩膀，輪廓與白優聿有九分相似，但氣質上卻是截然不同。他看起來冷漠，卻也孤單，隱隱有著王者的貴氣。

「……你是誰？」望月不敢肯定這男子的身分，也不肯定這裡是什麼地方。

「我應該問你同樣的話。」男子淡淡開口，他注意到男人說話的時候，颳起的冷風稍緩了。

「我的名字是望月，你長得和我的一個朋友極為相似，我想知道你到底是不是他。」望月不確定自己為何會突然來到這個所在，但心靈共鳴幻化出來的大劍給了他一個指引，他必須順著這個指引找到答案。

男子搖頭一笑。「看來你找錯地方了，我沒到過人世，也不認識你口中的朋友。」

「你不是他？」

「當然不是。」

「那麼你是誰？」

「我就是我，你不認識的那個我。」男子說的話很玄。「我們從來不會認識真正的別人，你認識的那個朋友也許有著你無法認知到的另外一個面貌。」

我就是我，你不認識的那個我。

望月倏然一怔，他想起白優聿在波蘭多城時失去自我意識之時說過的話。白優聿說過同樣的一句話。

他心頭一震，大步掠前一把扣過男子的手，心意轉動之下，大劍重新握在手中，劍尖直抵男人的心口。

「你就是當天取代白優聿意識的人！」在波蘭多城時失去自我意識的白優聿就是被此人取代了意識！

男子淡笑，無視他抵著胸口的大劍，「被你看穿了，但，你能如何？」

望月還來不及開口，男子搖頭，「殺了我？不是一個好主意。你要找的人一樣回不來。」

這個男子完全知道事情的經過！他揪過對方，「我要救他，我會找他回來，你必須告訴我救他的方法！」

「你確定我可以信任?」男子一點也不為自己的安危擔憂。

望月瞇眼,大劍突然平空消失,落在男子手中。他一驚,劍尖已指向他的咽喉,男子依舊淡笑問著,「如果我說你必須以自己的命取代他的命,你會不會答應呢?」

他瞠目看著男人和大劍,心頭千絲萬縷的疑惑因為男人這個舉動解開了。緊繃的肩膀鬆下,他內心的懼意盡去,伸手握緊劍尖,「你一早就知道我的答案,不然你不會讓我進入你的世界,聖示之痕。」

男子看著他,嘴角的笑意加深了。「不愧是聿所信任的人,你猜中了我的身分。」

「這不難,這把大劍向來不讓主人之外的第三者掌握,你能夠握緊大劍的唯一可能是,你本身就是大劍的其中一份力量。」望月說完的同時,大劍重新回到他手上,他以懇切的目光看著男子。「聖示之痕,現在只有你的甦醒才可以徹底解開蘭可的催眠術,只有你可以救白優聿。」

「望月,我是聿的封印。你剛才看到他解開了封印,也就是呼喚了我,在他有言則靈方式下解縛的我必須聽從他的指令,即便這違背我的心意。我不能幫他解開蘭可的催眠術,但是他臨走前給我們留下了一個最後的方法。」聖示之痕說著。

望月挑眉,「白優聿來過這裡?臨走前是什麼意思?」

「在他得知伊格的預言之後,他進入了心淵,在這裡留下最後一絲扭轉局面的希望。」看著望月露出驚詫無比的表情,聖示之痕攤開掌心,一團金光閃閃的圓形球體躺在掌心上。

他緩緩說著,「這是聿的心。」

「……心?」望月難以置信看著那個東西。

「不是心臟，而是心，聚集了他所有的希望、回憶、正義還有善良的心。」

聖示之痕說著，把金光閃閃的球體交給望月，少年依舊一副愣樣，應該是太過驚訝了，他好心幫自己的主人解釋。「聿明白蘭可找上他的目的，他和總帥商量之後決定將計就計，選擇了險著的一步，他把自己的心交放在我這兒，免得完全被蘭可掌控，然後順著長老會的意思被捕，但他預料中救走他的人是蘭可而不是你，另外臻的死而復活也讓他失了理智，蘭可就是在這個時候趁機催眠了他。」

望月的臉色非常難看，他握緊白優聿的心，咬牙切齒得讓聖示之痕清咳一聲，不得不幫主人求個情。「你別怪他，他只是不想連累你，而且他也很信任你，說你一定會來到這裡取回他的心。」

嗤，這個狗屁沒用的白爛人當他是什麼？他才不會放過這個笨蛋！望月深吸一口氣，「放心，等事情完結之後，我一定會出手教訓白爛人的。」

聖示之痕一臉無奈，望月揮手轉身，他喚過對方。「走過這條鐵索就可以到達彼岸，回到原本的世界，我祝福你們。」

「謝謝。」

望月邁開步子，極快踏上鐵鏈架起的橋樑，飛快往前奔。

他必須把這顆心帶回給白優聿，然後結束這場戰役。

惡靈在天空處呼嘯，總部的隊伍忙著應付湧現的惡靈，收到通知趕過來救援的除了本部之外，還有教廷的騎士團。身為光明騎士的奕君瞇眼看著天空的缺口，還有被惡靈怨氣籠罩的總部大樓，他不禁握了握拳。

「奕君，穆邏和天孜已經領著兩支小隊去消滅惡靈，我接下來要怎麼做？」洛菲琳跟在奕君身邊，憂心忡忡的看著眼前一切。

他們收到情報表示蘭可等人押了前任總帥梵德魯，以惡靈怨氣形成一層結界不讓救援進入，在場的除了蘭可一干人等之外，還有白優聿，望月和路克等人，但裡面的具體情況如何則不得而知。

「洛菲琳。」奕君喚過她，「妳的穹光之眼能夠看到裡面的情況嗎？」

洛菲琳摘下眼睛，解開自己的封印，但看了好一會兒，除了一團黑霧之外，她什麼也看不見。「都看不見，那團黑暗太純粹了，我們不能強攻進去嗎？」

「妳都說了那團黑暗太純粹，這些是以眾多惡靈怨氣集成的黑暗，我們強攻進去恐怕會被吞沒，現在唯有靠裡面的人打開黑暗的缺口，讓我們有機會進去。」奕君搖頭，不然總部的救援為何遲遲不動手呢。

「那麼聿和望月他們……」

「希望他們可以撐過去。」奕君這麼說，卻不怎麼樂觀。

「相信他們，這是我們現在唯一能做的。」一個聲音落下，重新穿上黑色斗篷的獨羅掌樞藍斯出現在二人身側，他終究是慢了一步，雖然說服教廷派出騎士團來協助，還是來不及阻止蘭可。

就在大家愁眉不展的時候，天際突然響起一記驚雷，轟隆一聲直接劈向籠罩總部大樓的黑霧。黑霧驅散了一些，但很快凝聚回來，天上的驚雷一記接著一記劈落。

雷光向來擁有很強的淨化能力，引來天雷驅散黑霧的確是不錯的辦法，奕君和藍斯抬頭看向天際邊的兩個小黑點，藍斯輕笑搖頭，「這兩個傢伙終於現身了。」

「是理事長和總帥大人！」洛菲琳的穹光之眼看出兩個小黑點是誰了，不禁喜呼。

「天雷雖強，可惜蘭可打開的是格利多芬之門，他們不可能完全驅散這些濃厚的黑霧。」奕君蹙緊眉頭。

驀地，黑霧突然竄動起來，原本黑如墨色的結界逐漸褪色，上空不斷徘徊的惡靈紛紛停下了動作和叫囂，和地面上的人一起看向變得不穩定的結界。

裡面不知發生了什麼狀況，光芒從黑霧結界中迸出，像是被剝落的蛋殼般，黑霧凝結成一片片黑色的玻璃，隨著光芒越來越灼熱耀眼跌落，天際上正在努力的兩人也加快動作，驚雷攻擊一波比一波強盛，終於將整團黑霧驅散。

本是徘徊在上空的一眾惡靈彷彿受到刺激，不約而同發出淒厲的叫聲，猛地飛撲下來展開襲擊。

地面上登時陷入一場激戰，大樓頂端的情況也好不到哪裡去。

望月睜開眼睛，撐坐起身，下意識摸向自己的胸口，被大劍貫穿的傷口並不存在，他怔了一下，連忙去查看白優聿的情況。

「白優聿！白優聿！」他不斷喚著倒在自己身側的黑髮男子。

對方雙目緊閉，沒有一絲反應，左邊脖子上的聖示之痕由赤紅轉為普通的淡褐色。

「你們……竟然破壞了我的結界？」蘭可露出難以置信的表情。

四周的黑霧散去，惡靈凝聚而成的結界被徹底淨化，蘭可瞠目看著本該死去的望月和白優聿，他剛才明明看到大劍貫穿了這兩人的胸膛，卻在這個時候，一股強大的光芒迸出，他們紛紛被這股灼眼的光芒弄得短暫性失明，等到恢復視覺之後，籠罩周圍的黑霧散去，這兩人竟奇蹟般的活了下來。

剛才他們使用的是什麼力量？蘭可驚怒之下，頓時起了殺意，他正要親手了斷這組搭檔的性命，伊格卻在這個時候軟倒在地。

「咳咳——」她用力咳嗽，咳出一口鮮血。

蘭可大驚，伊格額頭沁滿冷汗，全身顫抖，「蘭可……我控制不了惡靈了……」

天際上黑壓壓一片的盡是從格利多芬之門另一端逃出的惡靈，在伊格的力量控制之下僅是在天空盤旋，但此時伊格遭到力量反噬，失控的惡靈成群結隊飛撲下來，正在和引渡人和教廷的騎士團展開激戰。

「妳振作一點！我立刻幫妳治療！」蘭可扶起她，卻在此時聽到莉雅疾呼小心。

巨大無比的長刀砍落，蘭可抱著伊格閃開，所在的地面頓時出現一個窟窿。琰和青佐分別攻向趁機偷襲的索拿，卻被對方壓倒性的力量擊退。

望月無暇理會陷入激戰的他們，抓起白優聿用力搖晃，「該死的！你給我醒來！」

黑髮男子在劇烈搖晃之下倏然睜眼，接著猛咳起來，艱難開口：「拜託……你搖得我頭好暈……咳咳……」

望月緊蹙的眉頭鬆開了，微顫的手按住自己的額，吁一口氣，「白爛人，要是再有下一次，我一定會掐死你……」說到最後話音也顫抖了。

他回來了。真正的白優聿回來了。

這個該死的白爛人嚇死他了。可惡。

但他慶幸這人真的回來了。

「我知道你一定會把我找回來。」一如既往的，白優聿按了按少年的頭，眼神帶著深深的感激，抬頭看去，迎上不敢上前的澤拉，她一臉關切，熟悉的藍色瞳眸盈滿淚水，在他看過去的同時，淚水滑落了。

「先解決眼前的事情吧，望月。」白優聿斂眉，避過澤拉的眼神，站起的同時，手裡多了一柄雪白大劍。

那是他和望月練成心靈共鳴之後幻化出來的武器。恢復本性之後，他自然能夠召喚出大劍。

望月點頭，此時不必多言，他和白優聿的心意相通，當先要務就是先解決蘭可。

另一側，莉雅倏然傳出驚駭無比的叫聲，青佐的身體被風刃砍成兩截，鮮血噴濺，染了一地豔紅，看樣子是活不成了。琰喝斥著衝上，卻來不及阻止逼近的攻擊，哀傷過度愣在原地的莉雅被無形的風刃貫穿，嬌小的身軀像斷線風箏般直甩向後。

來不及救援二人的琰一臉慘白的跪倒，在他面前倒下的莉雅和青佐已經沒了氣息。

白優聿和望月瞠目看著瞬間秒殺莉雅和青佐的中年男人。

那人不是別人，正是剛從鳥籠結界中出來的梵德魯。剛才那股壓迫性的力量淨化了周圍的黑暗，連帶的也破解了以黑暗形成的鳥籠結界。

不知為何，當望月看到梵德魯露出殘冷笑意的時候，他倏然顫慄起來。

驀地，一層黑霧再次湧現，因為夥伴的死亡陷入極度憤怒的蘭可再次召喚了惡靈的輔助，一個巨大法陣浮現，天際裂口處一個龐大的黑影墜落，塵土飛揚之下，腥風撲鼻，有著蛇頭鳥身的六級惡靈行動快捷掠前，血盆大口朝著梵德魯頭頂咬下。

兩抹身影一左一右衝上，一個以大劍頂住六級惡靈的血盆大口，另一個躍上半空，大劍直接朝蛇頭揮落。

梵德魯冷笑看著合作無間的搭檔，睨了一眼正拚盡所有力量救治奄奄一息夥伴的蘭可，被他操縱的風很快形成風刃，挾著颼颼風聲，他緩步走向前方。

「聖示之痕，以光之名，強制遣退邪惡！」朗聲喝斥，地面登時清澈如鏡，「光」這句古老咒言化作最強大的淨化之力，纏上了六級惡靈的身軀，白優聿往後躍開，騎在惡靈身上的望月揮劍直刺，結合了冥銀之蝶和聖示之痕兩股至上之力的封印能力直接貫穿惡靈的身軀。

點點螢光散開，六級惡靈的龐大身軀瞬間被兩股至上之力逼得崩解，化為灰燼直接回歸輪迴之門。

望月以蹲姿著地，白優聿的表情卻變得凝重，仔細一看，青佐和莉雅的鮮血引來了大批的惡靈，像飛蛾撲火般不斷飛向蘭可、伊格還有琰的方向。

以言語和聲音來操控惡靈的二人已經控制不了這些惡靈，現在只能單憑咒言和武器消滅蜂擁而來的惡靈。但前方的惡靈一旦被消滅，後方的惡靈極快補上，三人身上的傷口也越來越多。

天際的缺口撕裂得更大，飛撲下來的惡靈也越來越多，再這樣下去，蘭可三人遲早會成為惡靈的腹中食物。

到時候，復仇的計劃也會隨著他們的滅亡而終止。

白優聿看向望月，少年的表情也有些不忍，蘭可在這個時候為了保護伊格，背部被惡靈抓出三道極深的口子，他不支跪地，伊格哭叫抱著他，見機不可失的惡靈立即撲上前撕咬。

白優聿閉起眼睛不想去看接下來的慘劇。他雖然極恨蘭可這個人，但最後臻沒死，蘭可所做一切也是為了伊格，他心頭的那份恨已經沒那麼強烈。

望月卻驚呼起來，一個巨大法陣出現在蘭可等人頭頂，火球分別從左右兩旁轟掉兩旁的惡靈，卻是路克和喬二人上前營救了。

熟悉的鈴鐺碰撞聲響起，白優聿睜開眼睛發現澤拉也上前加入戰圍，熟悉的舞動旋律身影掠竄，惡靈的勢力登時被削弱。

他無法置信的看著這些人，臻應該也是恨蘭可極深，卻在緊要關頭營救對方？

「我們要加入嗎？」望月看了過來。

他睨了一眼少年，心裡已經有了答案，握緊大劍他冷哼，「我要親眼看他接受審判，這樣才能還我們公道！」

望月嘴角一勾，隨著他飛掠上前。三方新勢力加入，惡靈頓時被削砍得不少，蘭可三人的危機暫時解除，蘭可仍是桀傲不馴瞪著他們，儘管身上的袍子被鮮血染紅，他還是不願意示弱。

白優聿冷冷與他眼神較量，路克卻是一嘆，俯身去探莉雅的氣息。

蘭可戒備一瞪，迎上親生弟弟憐憫的眼神，他怔了一下，終於放手讓對方去救治還有存活機會的莉雅。

「你輸了，蘭可，輸得徹底。」白優聿冷聲道。

「你以為你贏了嗎？你們同樣輸了，輸掉的是真相和公道！」蘭可指著眾人身後的梵德魯，咬牙，「當年是他為了滿足私慾害死伊格的妹妹！之後胡亂安插罪名讓總部處死伊格，你們眼中敬愛的梵德魯只不過是一個不擇手段的垃圾！」

白優聿皺緊眉頭，梵德魯緩步上前，冷笑出聲，「嘿，你永遠不懂得什麼叫做適可而止啊，蘭可。」

蘭可咬牙別開視線，梵德魯發出低笑聲，「就讓這一切結束吧！」

無形風刃再度凝聚，白優聿不忍的別開視線，卻在這個時候，胸口一陣劇痛，他聽見路克、喬還有望月的驚呼，他重重撞上身後的圍牆。他痛瞇著眼，驚見喬倒在一旁，生死未卜，路克跪倒在拍檔身前，露出極為痛苦的表情，左臂幾乎斷裂。

那邊的澤拉被索拿擋住去路，極快交戰起來，只剩下望月一人愣愣看著梵德魯。

發動攻擊、瞬間重創他們的人正是梵德魯。

CH10 再見，曾經的美好

梵德魯一臉陰鷙。望月還來不及搞清楚狀況，梵德魯已經瞄向他，眼神交會之下，望月倏然被一股莫名的力道壓倒在地，接著往上彈起，重重摔落在地。

白優聿奮力搶上，胸口那道傷口失血太多，他只能死命擋在望月身前，卻無法使出半點反抗的力氣。

梵德魯因為他的無力反抗而大笑出聲，白優聿一臉茫然失措，難以置信的開口：「梵德魯大人……為什麼你要對我們下手？」

梵德魯搖頭，覺得他的問題太愚蠢。「你們知道得不少，繼續存活在世上是一種威脅。至於蘭可，等到支援到了，他們自然會收拾他。」

重要的是他不能讓這些知情人士繼續存活在這世上。

「我們知道得不少……難道蘭可說的全是事實？」白優聿瞠目。

「哼，是不是事實已經不重要了，重點是你們會死在這裡，以因公殉職之名。」梵德魯大步踏上，被操縱的風隨著他的逼近而變得狂捲，化作的風刃舞成一團白光，白優聿幾乎睜不開眼睛。

「以雲鯉之神名號，一切操縱，置於無效！」

啪的一聲，風刃消失，憤怒的梵德魯偏首，瞪向蘭可，「該死的叛徒，你以為你的雲鯉之聲可以壓制我的封印力量嗎？」

「你連自己的部下也不願意放過！根本死不足惜！」蘭可冷笑，攬緊伊格的腰肢。「我們會拉著你一起進入格利多芬之門！」

伊格面容慘淡，但眼神無比堅定，她握緊蘭可的手，二人心意相通，一起闔眼垂首，拗口難懂的咒言開始自他們嘴裡逸出。

「我不會讓你們得逞！」梵德魯冷哼，瞬間移步來到蘭可面前，伸手掐過對方的咽喉，「你曾經是我手下最優秀的一隻狗，只要你願意聽話，你本來可以接替我的位子，前途無量，可惜你太愚蠢了，竟然為了這個女人違背我！我現在就要親手滅了你！」

「梵德魯……你做了那麼多傷天害理的事情……為什麼還可以活到今天？」蘭可一臉憤恨，「我後悔當年聽從你的吩咐，傷害了伊格和菲娜！」

「菲娜那個孩子很單純，我也很喜歡，如果她不是貪心的為了要和我永遠在一起而企圖公開我們的關係，我不會對她下手的。」梵德魯一臉惋惜。

「你利用她！你知道菲娜是伊格最疼愛的妹妹，所以你卑鄙的利用了菲娜對你的感情，威脅伊格對你言聽計從！但你最終無法駕馭她，所以你製造謠言，讓總部的人相信她會威脅大陸的安危，繼而囚禁她！」蘭可咬牙。

梵德魯冷笑，看向一旁淚流滿臉露出哀求眼神的伊格，「如果當年她識得時務，我就不會拿菲娜來威脅她！妳知道菲娜臨死前說了什麼嗎？她說她好後悔不聽姐姐的話，愛上我這個男人，我告訴她，她錯不在愛上我，而是錯在生為女神的妹妹！她開始破口大罵，我就是這樣掐緊她的脖子，直到她再也無法發聲為止。」

「你、你這個殺人兇手！」伊格悲憤哭叫，用力捶打他的手臂。

他一把推開她，用力一提，蘭可被他提起，他露出猙獰的表情，「我將菲娜的亡魂滅殺了，她永遠無法輪迴轉世，永遠淪為這個世界的塵粒！現在只要將你們這些知情者一一殺死，十三年前的事會成為永遠的祕密！」

「哼……你忘了索拿……他剛剛才出賣了你……」

「哈哈，他渴望總帥這個位子，只要我可以給他權力，他會從此聽命於我！」梵德魯取笑蘭可的無知，收緊力道，「他和你的差別在於，你太過固執！這就是你的致命之處！」

「放開蘭可！我求你！不要傷害他！」伊格跪地哭求。

鮮血順著嘴角滑落，蘭可卻露出了笑容，梵德魯看得光火，操縱的風刃立時排山倒海刺向對方，卻在這個時候發現風刃的去勢受阻，地面上竟出現雲鯉法陣，那是路克的限制力量。

「想救你的兄長？我看你是不想活了！」一揚手，風刃立時轉變方向襲去。

一大片銀蝶乍然出現，擋下風刃，梵德魯的腳下湧現一團黑霧侵蝕了他所在之處，那是琰的攻擊，重傷的他使出最後一絲力量想要解救他的蘭可大人，梵德魯絲毫不把這丁點的力量放在眼內，就在這個時候，銀色細線纏上他的四肢。

「放開他！」白優聿撐著站起，他身側的望月也同樣忍住痛意站起。

大家聽到梵德魯如此卑鄙無恥的自白之後都無法坐視不理了。

梵德魯的風刃倏然迴旋，砍斷了堅韌的細線，他迎上白優聿的驚詫眼神，冷笑，「憑你們嗎？我此刻以長老會首席之名宣布，你們加入叛徒蘭可．列德爾的旗下，意欲殺害長老會所有人，罪大惡極必須立即處死！」

「你這個卑鄙的老頭！」

「不！放開蘭可！」

叫罵和哀求讓梵德魯滿意了，他是王者，主宰著總部的一切，他不會讓這些雜魚毀了他的威名！他用力一掐，蘭可的頸骨登時斷裂，瞪目沒了聲息，他哈哈大笑，「死吧！你們都得死！誰也別想扳倒我——」

蘭可的臉龐突然起了變化，變得美麗細緻，銀色短髮變成棕紅色的波浪長髮，那張極美的臉孔主人對他微笑，似有若無的聲音傳入他耳中。「梵德魯，你真的那麼殘忍嗎？我是真心愛你的呀，你為什麼要殺我？」

梵德魯臉色大變，猛地甩手躍開，失聲驚呼，「……菲娜！妳怎麼可能出現？」

摔在地上的軀體噗的一聲消失，梵德魯確認剛才所見的不是菲娜，驚懼之心這才消去，他咬牙切齒抬頭，對上某個戴著眼鏡、正朝他露出微笑的男人。

「唷，我們又見面了，梵德魯大人。」

「洛、廉！」梵德魯齒間迸出這個男人的名字，一轉身毫無意外迎上男人的拍檔，此刻已經從絕世美女轉變為陰柔得雌雄莫辨的長髮美男，「該死！剛才就是你的幻術！」

修蕾甩甩長髮，一臉不讚同，「這不是幻術，我只是將你心底最真實的恐懼投影出來而已。」

「呸！我沒有任何的恐懼！你是怎麼換走了蘭可？」梵德魯大怒。

「這是祕密喔。」修蕾眨著眼睛比個不能說的手勢，隨即打起一記響指，蘭可出現在他身後，伊格欣喜之下跌跌撞撞走上去擁抱蘭可。

梵德魯瞪著明顯護在蘭可身前的修蕾，還有站在自己後方隨時可能動手的洛廉，他忌諱著這二人的力量，倏然大笑，咬牙說著：「就算你們來了又怎樣？我同樣可以宣布你們是叛徒，你們同樣會遭到處死——」

「別鬧了，梵德魯，你以為我們為什麼現在才出現？」修蕾打斷他的話。

梵德魯一愣，聽著洛廉接話，「當然是為了等你親自供出一切，讓全部人聽到你親口招供，我們才可以現身嘛……不然這就白白浪費了蘭可的心思。」

「你們……什麼意思？」

「總部大樓頂端的傳送法陣只要加以修改就可以變成一個巨大的通訊器，蘭可來到這裡的時候修改了法陣，所以剛才你們所說的話直接傳送向長老們定居的所在，我想他們現在已經開始商量該如何對你進行審判了，梵德魯大人。」洛廉聳肩。

梵德魯一臉慘白，他知道洛廉不是在唬弄他，這一下他終於明白了蘭可一開始擄他來此處的原因。

他被設計了。自認為聰明一世的他竟然是被自己出賣了，是他自己說出了當年的真相。

他開始慌了，抓狂大叫，「不可能！我不可能栽在你們這些毛頭小子的手上！我不會讓你們得逞！我絕對不會——」

風，猛地狂捲起來，一道連接了地面和天際的巨大龍捲風席捲過來，挾著天際劈落的驚雷，地面和天空上體積較小的惡靈紛紛被這股力量捲起，頂樓的他們攀住附近的支撐之物，這才不至於被捲走。

梵德魯發出瘋狂的笑聲，雙目透著血絲嘶吼，「我殺光你們之後就不會有人知道當年的事！我就可以繼續坐穩我的首席之位，沒人能夠推翻我——」

這些無知之徒太小看他了！他是前一任的總帥！更是現今長老會最高的首席！

這一次他一定要把這些該死的無知小子一口氣殲滅！

「嗚——啊——」

尖銳又淒厲的叫聲伴隨梵德魯的狂笑聲響起，白優聿艱難的看向倏然生變的四周，震驚之下瞠目，「這到底是……」

被狂風捲起吸入龍捲風漩渦內的惡靈們正逐漸凝聚成一個黑球，黑球不斷擴大，吸收了所有被捲入漩渦的惡靈。體積較大的惡靈們開始意識到不對勁，急慌飛離漩渦的中心，但風勢越來越大，體積較大的惡靈紛紛被扯向漩渦的中心，硬生生擠入黑球成為裡面的黑暗元素。

很快的，半空再次被黑氣籠罩，不同於蘭可製造出來的結界，這一片黑壓壓的惡靈執念讓人感覺更是可怖，惡靈尖叫的聲音夾雜著梵德魯的笑聲，震得大家耳朵嗡嗡作響。

「仔細看清楚！無知小輩！這就是我的力量！」

梵德魯一吼，飛身縱向半空的黑球，投身進入黑球之中。望月和白優聿忍不住驚呼，他們誰也知道這是凝聚了惡靈執念之物，沒人能碰，但梵德魯竟然投身進入黑球之內！

半空凝聚的黑球倏然啪答一聲爆開，汙穢腥臭的血水噴濺在地上，投身其中的梵德魯不見了，濺落在地的血水像是有生命般飄浮起來，極快拼湊出一個人形。

尖銳得泛著綠光的爪子緩緩延伸，利爪深陷入地面，那人擁有一雙如同獸類的四肢，頭頂長出兩枚尖長的角，依稀認得出面容的臉龐上有著縱橫交錯的褐色紋印，身軀壯大如牛，絲毫不似之前的暮年老人身軀。

梵德魯吐著氣，赤紅色的瞳眸輕蔑的盯著眼前幾人，發出冷笑聲。

這是吸收了惡靈力量之後產生變化的他。他滿意的看著震驚的眾人，驀地一張口，完全屬於惡靈的淒厲鳴叫聲逸出，震得四周的牆壁也產生裂痕。

遠處盤旋的惡靈似乎也聽到他的號召聲，像是飛蛾撲火似的飛了過來，梵德魯的利爪貫穿惡靈的軀體，直接將它們撕成幾塊往嘴裡送，嚼得津津有味。

白優聿一臉駭然，回首大叫：「這是怎麼回事？」

洛廉邊搖頭邊解釋，「這是梵德魯的封印力量，他能夠吸收周遭的力量，與力量同化轉換成一個更強的形體。」

「……你的意思是他吸收了惡靈的力量?!」白優聿瞠目看著吃掉惡靈之後身軀越變越大的梵德魯。

梵德魯瘋了嗎？他沒有滅殺這些來自格利多芬之門的惡靈，而是吸收了這些惡靈的力量！

洛廉神色凝重的頷首，白優聿的目光投向望月，同樣在對方臉上讀出驚懼。

「現在不是發怔的時候！梵德魯的攻擊還沒正式開始！」修蕾走了上來，她剛剛對喬和路克進行緊急救治，睨一眼還可以站直的自家學生，「你們兩個準備好迎戰了嗎？」

「早在變態老傢伙大言不慚的時候，我就想好好揍他一頓了！」白優聿咬牙。

修蕾嘴角一勾，「那就聽好了，我和廉負責進攻，一旦我們發出訊號，你和望月必須一舉打敗他。」

「記住這一點，梵德魯身上雖然混合了惡靈與引渡人的力量，但你們也擁有兩個封印的力量。要相信這股力量。」洛廉接話。

「是！」

洛廉微笑頷首，和修蕾一起躍上去，一左一右擋下梵德魯的粗壯利爪。

利爪被洛廉以幻化出來的長劍砍落，由後攻上的修蕾召喚出十字聖痕的咒言，準確攻向梵德魯身後。

梵德魯發出低低的笑聲，手臂一振，斷去的利爪急速重生，他擰過頭來瞇眼看著身後的修蕾，裂開一道口子的背部同樣急速生肉，兩人的攻擊根本起不了作用。

修蕾打個手勢，洛廉登時會意，往後躍開的同時修蕾衝了上來，雙手疾快結印，瞬間在梵德魯身周設下好幾層結界，洛廉也在這個時候出現在梵德魯頭頂上方，口中念念有詞，一個巨大法陣登時浮現。

轟隆一聲，法陣中迸射出花雨般的光芒，結界也同時將梵德魯封鎖其中，讓他直接承受法陣的攻擊，強大的光芒充斥整個狹小空間，就連白優聿等人也感覺得出法陣的摧毀性力量。

大家屏息以待，結界在這個時候卻被利爪劃破，修蕾連忙後躍，閃過被利爪穿過胸膛的危機，洛廉看準時機砍落梵德魯的利爪，冷不防被一股巨大的力量掃中，整個人也隨著摔跌出去。

仔細一看，吸收了惡靈力量的梵德魯再次產生了變化，他的肩胛處裂開，一雙漆黑的巨翅伸展出來，翅膀上的羽毛盡是倒豎的尖刺，正是剛剛攻擊了洛廉的武器，他抖動了一下巨翅，尖刺紛紛激射向洛廉。

修蕾雙手往地面一拍，洛廉的身影頓時平空消失，尖刺插滿了之前男人所在的地方，梵德魯憤怒低吼一聲，修蕾像一枝飛箭般衝上，雙手疾快結印，十二道光之束縛牢牢嵌制著梵德魯的四肢和巨翅，修蕾趁此空隙直接將幻化出來的長劍刺入梵德魯胸膛。

噹啷一聲，長劍斷成兩截，修蕾瞠目，梵德魯冷笑著揮下利爪，他狼狽躍開，鮮血濺落在地，利爪劃破了他的胸膛，留下不小的傷口。

「哈哈哈——無知——唔！」狂笑聲倏然中斷，梵德魯發出嘶吼聲，他背部的巨翅和四肢硬生生被光之束縛絞斷。

縱使他擁有高強的再生能力，但這種被斷去翅膀和四肢的痛意還是讓他痛苦得不斷扭動身軀。

白優聿愕然的看著修蕾，難以置信簡單的光之束縛竟然能夠變成具有殺傷力的武器，後者此時揚聲一喝，「廉！」

黑影掠前，疾如閃電，以光凝聚而成的光劍直接插入梵德魯的後心，穿透而出。

梵德魯劇烈抽搐了一下，直接往前撲倒。洛廉瞇眼看著倒地的對方，修蕾同樣沒有鬆懈下來。

果然，盤旋在天空的惡靈再次化作黑煙，緩緩包圍了倒地的梵德魯，梵德魯斷去的四肢和巨翅再次急速再生，修蕾和洛廉不約而同露出咬牙的表情。

「這樣殺不死老傢伙的……」

白優聿轉身看向說話的人，蘭可緩緩站起，他立時戒備起來，對方冷哼，「到現在你還看不清楚我的敵人是誰嗎？」

「你……」

「我的敵人必須由我親手殲滅。」蘭可說完之後走向戰圍。

白優聿踏上一步，但之前失血過多讓他一個踉蹌跪倒在地，望月伸手扶過他，向他打個眼色，一起看向前方。

前方的三人正努力圍攻重新復活的梵德魯。梵德魯得到惡靈的力量輔助之後，無論承受多少攻擊還是能夠急速再生，洛廉、修蕾和蘭可身上挨了不少傷口，看得二人同樣咬牙握拳。

「還不是……加入的時候……」微弱的聲音阻止了要上前的他們，伊格奮力撐坐起來，「他們正在逼著梵德魯步向力量失衡的地步……現在還不是攻擊的時候……」

「妳這話是什麼意思？」望月戒備看著她，這個虛弱得隨時倒下的女人就是當初害得自己生不如死的伊格嗎？即使他知道了她和蘭可的悲慘經歷，他還是無法諒解對方的所作所為，更猶豫著該不該相信對方的話。

「引渡人的力量達到一個飽和點的時候，力量就不能再次發揮了……梵德魯雖然擁有吸收周遭力量的可怕能力，但他也有到達極限的時候……到了極限之後，他的力量就會失去平衡，他無法再藉助惡靈的力量發動攻擊……」伊格說到這裡，虛弱得不住喘息。

望月挑眉，「也就是說，他無法急速再生？」

所以說，修蕾大人等人不斷攻擊的理由就是要逼得梵德魯走向極限？

「……是的……那個時候就是你們……攻擊的時候……」伊格凝睇他和白優聿，一臉真誠且帶著懇求，「雖然我沒有立場請求你們做這件事……但我還是要拜託你們……一定要除掉他這個禍害……」

望月蹙眉不語，白優聿深深一嘆：「伊格，殺戮並不能解決仇恨，所以我們不會答應妳的請求，我們會把梵德魯拉下馬，讓他接受中央大法庭的審判。」

伊格凝睇他，淚水緩緩滑落的同時她嘴角微勾，「看來我的預言終究是對的。」

「什麼預言？」

「世界的真相被顛覆並步向摧毀，唯有秉持神之旨諭的二人可以阻止毀滅的降臨……」

伊格露出虛弱的笑容，看著吃驚的雙人搭檔，「你們就是秉持神之旨諭的二人……神說過世上只有真善美……才是驅除永夜的唯一途徑……」

那是十三年前她刻意遺漏的一段預言，在所有事情發生與應驗之前，她不曾透露的最後一段預言。

因為她知道當她說出這段預言之後，所有與一切也隨之煙消雲散了。

這兩人將是終結這一切的預言中人物。

與此同時，梵德魯傳來激昂的叫聲，洛廉、修蕾、蘭可分別擋下梵德魯的利爪和巨翅，三人氣喘吁吁，身子搖搖欲墜，鮮血染濕了他們的身軀，他們已經耗去了所有的體力，梵德魯也同樣到達了極限，卻貪婪的繼續想要吸收惡靈的力量做出攻擊。

「時機到了。」伊格說著，右手揚起，淡淡的光芒包圍了白優聿和望月，迎上驚疑不定的二人，她一笑，「我借出最後的靈力……讓你們結束這場悲劇。」

光芒散去，原本失血過多連站穩也成問題的白優聿覺得渾身是勁，望月亦然，二人互覷一眼，心意交會之下不約而同朝伊格點點頭。

他們會遵守自己的承諾，讓梵德魯得到應有的懲罰。

「聿——望月——」洛廉喊著二人的名字。與此同時，支撐不了的蘭可和修蕾被梵德魯的利爪劃中，摔跌向後。

刺目的光芒在這個時候綻放——

洛廉躍開的時候看到兩抹身影竄動，他放心的讓自己摔向後，刺眼灼熱的光芒讓他不得不閉上眼睛，但他十分清楚在這片光芒之下的二人不會辜負他們所有人的期望。

梵德魯傳來震耳欲聾的吼叫聲，惡靈的力量不斷湧入，可笑的卻無法被他吸收。

他慌了，驚恐的看著金髮少年和黑髮男子在那片灼熱光芒中逼近。

白優聿和望月兩人手上持的大劍發出有節奏的鳴叫聲，那種鳴叫聲切斷了召喚惡靈的聲音，他吸收不了惡靈，也無法召喚惡靈上前擋下攻擊，這下子讓梵德魯陷入了空前的恐懼。

梵德魯不忿的吼叫、咒罵，甚至喚動無數咒言，可是咒言卻一一被眼前二人的力量抵銷，在這道名為「心靈共鳴」的光芒之前，所有的邪惡都被淨化、所有的攻擊都被抵銷，他進入了只有拍檔二人組能夠主宰的絕對領域。

有節奏的鳴叫之聲覆蓋過梵德魯的瘋狂叫囂，白優聿和望月瞇起眼睛，他們的步伐一致、節奏一致，手上的動作也很一致，大劍揮動之下，梵德魯的利爪被砍落，接下來是那雙黑色的巨翅，再接下來兩柄大劍毫不留情貫穿過梵德魯的胸膛——

他們不會殺他，對方還得留住性命接受審判，面對自己的惡行後果。

大劍釋放了聖示之痕與冥銀之蝶的力量，梵德魯身上的異變逐漸消失，黑色的氣息從胸膛的傷口處溢出，化作點點螢光昇上半空，那些都是被淨化了的惡靈氣息。

隨著大劍鳴叫聲越來越低，四周狂亂的風聲開始緩下，鳴叫之聲逐漸變得平和，灼眼的光芒逸去了。

白優聿拔出大劍，望月也照做了，被大劍貫穿的傷口重新癒合，留下兩道褐色的印記，重新化作人形的梵德魯雙眼發直看著他們，再看向蘭可、伊格、洛廉和修蕾。

終於，他無力跪跌在地，發出古怪得近似哭泣的笑聲。

他敗了，敗在蘭可和伊格的精心設計之下，敗在白優聿和望月的心靈共鳴力量之下，也敗在真相和正義之前。

他寧願被白優聿和望月殺了，也不願意面對即將來臨的一切。

這個時候第一支救援小隊趕到了，領頭的正是藍斯，他朝洛廉打個招呼，立刻下令將梵德魯押走。接下來，蘭可、伊格還有澤拉等也被押走了。

「……這就是他要的結局？」白優聿難掩哀傷的看向緩步上前的洛廉。

這一場戰役犧牲了許多無辜的人，只因始於一個人的野心。想到這一點，打敗梵德魯這件事無法讓他快樂起來。

「至少，我們讓他的野心劃上了句點。」洛廉拍著他的肩膀，給了他和望月鼓勵的一笑，「應該慶幸的是，我們都守住了我們想守護之物。」

白優聿點頭，洛廉轉身離開了，他仰望天際，無數的光點往上空昇去，地面上的引渡人和騎士團正合力修補格利多芬之門的缺口，天空在這個時候下起了細細霏雨。

白優聿不禁看向身邊的金髮少年，對方也同樣看了過來，除了疲憊之外，他看到了少年臉上的慶幸和感恩。

他知道他的表情應該也是相去不遠。

慶幸這一切完結了，慶幸自己還活著，也慶幸壞人終於難逃法網，真相終於水落石出。感恩的是自己在乎的夥伴還能夠站在自己身邊，兌現一起渡過難關，一起回去的承諾。

「我還是第一次覺得下雨的天空是美麗的。」白優聿深深一嘆。

「是啊。」望月這次倒是沒異議了，他看著徐徐上昇的螢光，灰暗的天空被照亮了，難得的開玩笑，「這大概就是劫後餘生的感覺吧。」

白優聿淡笑不語，蘭可、伊格和梵德魯之間的仇恨糾纏總算告一段落了。

總部的這一役驚動了整個大陸。

長老會首席梵德魯．雲菲特招供了十三年前發生的一切，他承認自己利用菲娜威脅伊格聽命於自己，藉以鞏固自己總帥的位子，菲娜卻愛上了他，幾度要公開和他的關係，不想讓事情曝光的梵德魯最後殺害了菲娜，甚至滅殺了菲娜的亡魂，為了不讓悲慟的伊格揭發自己的罪行，他捏造罪證讓總部下令處死伊格，間接造成了之後發生的悲劇。

這件事震撼了整個大陸，大陸其餘兩大勢力聯署寫信要求對梵德魯進行審判，於是梵德魯被羈押往中央大法庭，展開了漫長的審訊。

至於被視為共犯的索拿則面臨淵鳴的審判，雖然暫時還不知道審判的結果，但他的墨級引渡人頭銜已經被摘下，貪權的他目前被關在淵鳴的大牢內深深懺悔。

蘭可和伊格也被總部囚禁在大牢內，逆反輪迴之理強行復活的伊格已經到了油盡燈枯的地步，但她得以在最後的日子裡為妹妹討回公道並伴隨在蘭可身邊，她已經得到莫大的安慰。

另外，教廷和總部也再次合作，致力封閉起格利多芬之門的缺口。

至於蘭可的夥伴們，除了命喪索拿之手的青佐以外，莉雅存活了下來，但陷入了永久的沉眠，躺在床上當個沉睡的漂亮娃娃。重傷的琰趁亂離開了，沒人知道他的去處，總部似乎也沒打算派人去追緝此人。

最重要的是總部此刻正致力於修補己身對外的形象，經此一役，梵德魯的醜聞讓大眾對引渡人失去信心，國會議事院不斷炮轟引渡人的無能，搞得負責對外的亦輪掌樞艾瑟芬連日來心情欠佳，終於不顧形象在議事院上發飆反駁眾人的炮轟。

獨羅掌樞藍斯重新回到工作崗位上，面對之前投靠索拿和梵德魯的副手菲利斯，他大方原諒了對方，只是很陰險的把對方調去大陸極北的苦寒之地，要菲利斯在那兒待夠三年才可以回來總部。

至於被白優聿重創的淵鳴掌樞玄玥奇蹟似的存活下來，聽說她為了自己之前的是非不辨躲在練習室裡思過了整整三天，目前她的職務除了正在對索拿展開審判之外，還包括每一天緊隨在洛廉身後。

洛廉為此煩惱不已，他將桌上最後一份工作安排妥善之後，再次抬頭看向倚在窗臺處等足他兩個小時的冷面女人，不禁揉著眉頭。「玄玥，妳真是這麼閒嗎？」

「我在等你的答應。」這幾天來，玄玥說得最頻繁的一句話恐怕就是這一句了。

自從洛廉卸除了總帥的職務之後，總部變得群龍無首，雖然幾個掌樞還在，但少了一個決策者，大家總是覺得不習慣。

於是，說服洛廉回來擔任總帥的任務就落在玄玥的肩上。

洛廉搖頭嘆息，「我只是在這個過渡時期暫代總帥職務，等這些煩人的事情妥善處理之後，長老會自然會提名新的人選。」

「但是，今早他們收到了來自國會議事院和中央教廷的信。」玄玥說著他可能不知道的最新消息。「兩方勢力向長老會施壓，必須重新委任你。」

「噢，那是他們的事情了。」洛廉聳肩，站起走向門口。

玄玥連忙跟上，握著門把，「廉，你誤會了，除了他們之外，我們都希望你回來。」

洛廉凝睇了她好一下，推了推眼鏡，「再說吧。」他現在還有更重要的事情要做。

玄玥聽出了他的意思，一抹喜色閃過，冰冷的表情有了些許的暖意，她點頭，放開了手讓他出去。

洛廉穿出長長的廊道，來到一扇大門前，他伸手一按，大門上的法陣頓時解開，大門往兩旁，出現一道往下延伸的旋轉式石梯。他走了進去，順著梯級往下走，狹窄的空間逐漸變得寬敞，最終來到梯級的盡頭，映入眼簾的是偌大典雅的地下室。

倚在牆上的長髮美女垂首，在他走上來的同時看了過來。

他在她面前停下，洛廉難掩一臉的疲累，他深深吸氣，「她在等著我們嗎？」

修蕾頷首，他推開前方的門，走了進去，她也尾隨了。

銀髮男子坐在床沿邊，正握著女人的手。女人氣若游絲，不屬於她的身軀開始僵硬，面容也出現難看的紫青色，她躺在床上艱難的轉側，想要起身迎接來人，男人小心翼翼抱起她，讓她倚靠在自己胸前。

「……廉，修蕾。」伊格費了好大的力氣才扯動嘴角，喚出二人的名字。

她想在自己臨走前再次見一見這兩人，雖然不確定他們會不會前來，但她還是努力撐下去希望能夠見到他們。

現在他們真的來了，她心中一喜，淚水無法抑制滑落。她終於等到這個機會，可以好好的向他們道歉。

她的手抖動了一下，費力想要伸手，洛廉和修蕾不約而同上前，修蕾握著她冰冷的手。「慢慢來，我們在這裡。」

「我還以為你們不會來了……」淚水再次流下，伊格一字一句艱難開口：「如果你們真不來，我真不知道該如何……找到你們。」

「我們一定會來的。妳是我們認識了十多年的老朋友。」洛廉柔聲說著，修蕾握緊伊格的手，一臉傷感。

伊格微笑了，喘著氣說話，「老朋友……我還記得以前在列德爾城堡你和修蕾對我的照顧。你們都是極好……極好的人。」

「對不起，當年我們阻攔不了梵德魯的惡行。」洛廉搖頭。要是當時他們知道實情，或許伊格和蘭可會有一個好結果。但若是真的如此，當時的他們又真的能夠撼倒勢力強大的梵德魯嗎？

也許，這一切是命運的註定，如同伊格之前為自己遺下的預言。十三年後，真相會被還原，世界的真理被顛覆的同時得以重新踏上正確的軌道。

「不……你們已經做了很多，沒有你們的幫忙，我和蘭可……都會死在梵德魯手上。」伊格努力收緊力道，感激的看著洛廉和修蕾。

修蕾苦笑，神情哀傷。「我們只是堅持當初的想法，我們認識的蘭可不是梵德魯所說的那種叛徒。」即便是蘭可真的做出許多可怕的事情，她和洛廉還是覺得事出有因。

「所以我要謝謝你們……而且要代替蘭可向你們……道歉。」伊格再次流淚。

蘭可別開了視線，神情同樣哀傷。他和伊格雖然成功讓梵德魯招供，但過程中也傷害了太多太多的人。

「他不是一個壞人……只是為了我……不得不和你們對抗。」伊格努力撐起上半身，緊緊握住修蕾的手，也伸向洛廉，洛廉連忙上前握住她的手。她費力說著，「我想請求你們，在我死了之後……保住……保住蘭可的命……」

洛廉和修蕾互覷一眼，按照蘭可犯下的罪行，總部極有可能會將他處死。伊格顯然知道這一點，所以苦苦撐著也要見著他們。

她不要這個被仇恨折磨了十三年的男人再次受到痛苦，失去她，他已經生不如死了。她喘著氣費力說下去，「他也是受害者……他犯下的罪由我來擔，別讓他……再次受苦……」

「伊格，別這樣。」蘭可倏然打斷她的話，垂首。「我必須承擔自己的罪行。」

伊格淚流滿臉，不斷搖頭卻說不出半句話，洛廉一嘆，「蘭可說的沒錯，他必須自己承擔這一切，不過我會說服長老會不判他死刑。」

伊格感激又激動的看著他，修蕾睨他一眼，「你真的有把握？」

「嘿，我會以此作為復職的條件。」洛廉推推眼鏡。

「放心吧！伊格，要是廉那邊不行，我再把整個梵杉學園押下去，不怕長老會不答應。」

修蕾瞬間有了決定。

蘭可看著二人，「我不會感激你們的。」

「我不需要你的感激，我讓你活著是要你彌補以往犯下的錯。」修蕾白他一眼。

「然後，代替伊格走完她不能走完的人生路。」洛廉看著伊格。

伊格握緊蘭可的手，蘭可怔怔看著昔日的戰友，這十三年來他視二人為復仇計劃中的絆腳石，也曾經想過無數次在必要時候動手取這兩人的性命。沒想到到了最後，這兩人選擇原諒他，站在他身邊支持他。

這些年來，他是不是太傻了？

「我終究還是註定要失去許多……」蘭可的眼眶泛紅，想著跟隨他多年的夥伴一個個為他而死、重傷，現在就連伊格也要離開了，他努力了十三年的復仇計劃到頭來成了一場空。

「不，你得到了許多，你不必再活在仇恨的桎梏了……」伊格撫著他的臉頰，再次感激地看向洛廉和修蕾。

二人對望一眼，登時心領神會，不約而同走出去，把最後的時光留給他們二人。

伊格挪動了一下身軀，吃力的轉向蘭可。蘭可想叫她躺下休息，她搖了搖頭。

「讓我……再好好看你最後一次，好嗎？」她問著。

蘭可鼻頭一酸，向來只有堅韌的臉龐上出現哀戚。

他點了點頭，換來她的虛弱一笑。

她掙扎著舉起手，想要觸摸那張久違的臉龐，他傾前，輕輕握住她的手，臉頰貼上她手心的冰冷。

這副不屬於自己的身軀已經走到了盡頭，完成最後的心願之後，伊格她亦不願再支撐下去。

得到洛廉和修蕾的承諾之後，該是離開的時候了，遠在格利多芬之門的天使尹諾斯正等著帶亡魂回去天界覆命。

唯一不捨的只有眼前這個男人，但她知道，男人會遵守承諾。

伊格凝睇他，嘴角微微勾起的弧度，象徵了她心底此刻的平靜喜樂。

這一次，終於可以走得無憾了。

「要記得答應過我的事……好好活著。」

「嗯……我會的。」

伊格的瞳眸開始變得灰暗，嘴角勾起的弧度逐漸斂去，終於變得無聲無息，蘭可緊握著她已經涼了的手，眨了眨眼。

淚珠，落下了。

無聲的哀戚充斥著她走之後的靜謐空間裡頭。

隔著一道虛掩的門，靠在牆壁的修蕾垂首，右手按上自己的左臂，用力捏緊。

彷彿只有這樣，她才能夠排遣心底的悲意。

「伊格……走了。」洛廉以哀傷的語氣說出這句話。

修蕾沒有回答，抬頭，以泛紅的眼睛看了他一下，然後踏上一步，額頭抵著男人的肩膀。

她已經很久沒試過如此想哭的感覺。

洛廉沒作聲，就算早已知道亡魂理應重歸輪迴之道的道理，他心中還是有著濃濃的悲傷和沉重。

他站直，眼神落在虛掩的門，門縫中那個背對他的男人肩膀微微抖動。

他知道，蘭可同樣在哭泣。

他們三人都因為伊格而產生羈絆，也在這個羈絆的漩渦中掙扎了多年。

今天，一切終於完結了。

終於……

以悲傷的終曲劃下落幕。

風和日麗的早上，某人拍案叫罵的聲音破壞了原有的寧靜。

總部大樓的總帥辦公室內，洛廉重新回到了熟悉的位子上，正準備開始忙碌的一天，某個黑髮男子從窗臺處攀爬進來，完全漠視他的不悅，逕自拍桌子叫囂。

「你這麼做一點也不合理！臻當初是遭到蘭可陷害才會犯下錯誤，雖然她幫過蘭可，但是她並沒有做出什麼惡行！為什麼蘭可能夠豁免死罪，被貶去駐守無底之淵附近的結界，但是臻卻要繼續被關？」

洛廉看著說得口沫橫飛的白優聿，等到對方說完之後，順手拿起桌上的一個白信封擲飛過去，黑髮男子接過，一看是任務，立時抓狂了。「狐狸總帥！我現在和你說臻的事！不是任務！我不是來討任務的！」

唉，真吵，破壞了寧靜的早上，洛廉支著下巴，好整以暇打量聒噪的白優聿，等到對方意識到不對勁自動閉嘴，他才一笑，「這是總部的決定，而且被關的當事人關得心甘情願，你這個外人插什麼嘴呢？」

「臻怎麼可能被關得心甘情願？」

「不然你去問她。不過我看她暫時也不想見你，她告訴我，她對你感到愧疚，想在被關的五年時間裡好好反省和懺悔。」

一席話堵得白優聿辭窮，他的確是去過淵鳴的大牢好幾次，前後十次都被臻拒見。想了好一下他才開口：「那麼五年的刑期過後呢？」

「我沒義務告訴你喔。」洛廉笑容燦爛，但心中已經計劃著在臻出獄之後把一大堆任務往她肩上堆去，勢必將她物盡其用，讓她好好贖罪。

白優聿越看越覺得可疑，這傢伙是出了名的狐狸總帥，肯定在謀算著某些東西。不等他開口發問，洛廉打起一記響指，「對了，你想幫臻贖罪嗎？」

廢話。白優聿白他一眼，冷哼：「當然啦，不然我來找你是敘舊嗎？」

洛廉露出一副難過的樣子還低喃一句「對待我這個師父你真是無情呀」，隨即清咳一聲指著被他甩在地上的白信封。「不如這樣好了，你每完成一個任務的功勞都記在臻的頭上，功過相抵之後，她就可以恢復自由。」

「你認真的？」

「哈哈，我什麼時候欺騙過你呢？聿。」

白優聿一咬牙，立即撿起那個寫明是「五級惡靈」的任務，撂下話。「一年！我會在一年之內累積足夠的功德，讓她一年後重獲自由！」

洛廉微笑揮手送別他，等到他離開，狐狸總帥不禁噗嗤一聲笑出來。「唉呀呀，聿還是一樣的容易受騙。」他沒告訴白優聿的是他其實已經決定在一年之後釋放臻。

好吧，這陣子他可以安枕無憂了，因為白優聿肯定會盡百分之二百的努力完成他分派的任務。

完全不知道自己又被算計的白優聿仰首闊步走著，信心滿滿的要為臻而戰，沒想到一走下樓梯，他迎面撞上一個人，來不及道歉就聽到某種讓人光火的聲音。

「白廢柴！你走路不帶眼啊？」紫髮男人，喬臭著一張臉瞪著他。

「噴火怪物，你沒事做就閃邊去涼快，我現在很忙，沒空和你吵嘴！」白優聿直接忽視他。

這句話惹惱了喬，他和白優聿天生就是不對盤，只要一碰面肯定會產生火花。他不忿反駁，「你能夠忙到哪裡去？你已經退學了，現在是趕著去把妹吧你！」

「嗤，我不會和你這種除了擅長噴火之外就是整天迷路的人一般見識。」

「你夠種再說一遍！我立刻烤熟你！」

「動手啊，我等一下就去跟小莎說，叫她拒絕你的追求！」

「你、你……我哪有追求……那個……」

「怕了吧，對我禮貌一點，別忘記小莎叫我哥哥，以後你還要稱我一聲大舅子！」

推開遭受嚴重打擊而完全石化的喬，白優聿繼續前行，又遇上一個熟人，他指了指身後的噴火怪物，「路克，把你的搭檔帶走，他杵在那兒很擋路的說。」

路克忍住笑意，揪過已經石化的拍檔，指了指外面，「對了，你的搭檔在外面等你，心情好像不是很好喔。」

一提到他的拍檔，白優聿登時如遭雷擊，他忘了自己把望月那個小氣又記恨的臭小子擱在練習室，收到臻被關的消息之後他匆匆趕來見狐狸總帥，也沒有交代一聲。而且他還自作主張答應把任務的所有功勞歸於臻，沒事先問過拍檔望月的意思……

靠！望月這次肯定會殺了他！

他連忙加快腳步，一邊想著應對的策略，一邊擠出燦爛笑臉迎向臉色發臭的金髮少年。

「不錯啊，你還記得我在這裡等你。」一開口就是可怕的語調，少年甚至露出可怕的笑意。

「嘖，我哪會忘記，是狐狸總帥太久沒見我，硬是拉著我閒聊，我好不容易擺脫他，立刻就過來找你了！」這叫做什麼？睜眼說瞎話。

「是噢。」擺明不信，少年危險的眼神掃視過來了。

「別說這個！你看，我接了一個五級的任務！我們現在就去打怪！」

「嘿，我好像是第一次看到你這麼積極。」

「當然，因為我要為臻贖罪……噢不是，我的意思是為了讓你能夠儘快從梵杉學園畢業成為執牌的，我當然要積極啦！」好險好險，差點兒說漏了嘴。

話說回頭，之前望月違抗長老會的決定，強硬救走白優聿一事還是帶來了影響，淵鳴掌樞玄玥拒絕讓他提早畢業，但給他一年的時間好好表現再作評估。

想到這裡，白優聿又是一陣歉疚，少年很快發現他的心思，清咳一聲，少年扯開話題，「走吧，這次的任務在哪裡？」

「在波蘭多城附近耶！我可以順道回去探望梅亞阿姨！」白優聿拆開信封後喜呼。

望月頷首，他也是有好一陣子沒見那位親切的阿姨了，想了想，「完成任務之後再繞道經過連瑞城，順便買一些修蕾大人愛吃的甜食帶回去。」

「你要回梵杉學園？我呢？」他不想跟著望月回去啊。

「廢話，我還要回去交報告。至於你……」望月瞪過去，冷笑，「修蕾大人也很樂意見到你。」其實修蕾大人還是很喜歡惡整白優聿就是了。

「喂，我向你解釋很多次了，我和那個不男不女的沒有一點曖昧關係，你別以為我對她產生興趣，她留給你好好伺候就對了。」修蕾完全能夠媲美狐狸總帥的腹黑，這兩人不愧是引渡人歷史上的最黑組合，白優聿早從心裡打定主意要遠離這兩個危險人物。

「白優聿，再對修蕾大人不敬的話，我會揍斷你的鼻梁。」

「是是是，她是你心目中的大神，只可敬仰不可褻瀆就是了。」

「看來你很久沒被教訓過，皮在癢了。」

「喂，等一下！不能說出手就出手！我還要出任務啊！」

「反正你再捱幾拳也不會真的死掉。」

吵吵嚷嚷之下，兩人離開總部，踏上前往任務的方向。遠處的旭日溫暖和煦，風雨平息之後的寧靜安詳顯得特別難得，維持這片寧靜祥和，是身為引渡人的他們堅持的信念和動力。

尾聲　最佳的拍檔

月夜，修蕾鬆著發疼的頸骨，正打算泡一杯咖啡讓自己提神繼續工作，某個身影毫無預警闖入她的辦公室。

睨著老實不客氣霸占她家沙發的男人，她微慍，「我可以找玄玥投訴嗎？我要投訴你濫用總部頂樓的傳送法陣，還有擅闖民宅！」

堂堂總帥大人老是三更半夜借著傳送法陣的方便出現在她的地方，著實讓人著惱！

「妳對老朋友都是這麼小氣的嗎？」洛廉舒服的伸個懶腰，窩在沙發上，「順便泡一杯咖啡給我，少糖。」

修蕾瞪他一眼，啪的一聲差點兒把茶杯給擰碎了，心不甘情不願的沖泡咖啡，卻聽著男人開口。

「蘭可已經到了無底之淵的結界前線，剛剛向我彙報了。」

修蕾的動作略微停頓，洛廉是為了這件事過來找她的吧。當初她和洛廉為了蘭可和長老會眾人辯論了兩天兩夜，拿著拒絕復職和辭掉理事長職務兩張王牌談判，這才讓長老會勉強答應不處死蘭可，將他放逐到最危險的前線去守護城池。

聽到蘭可無恙的消息之後，修蕾的心情也好轉了。

她極快泡好咖啡端了過來，在男人面前坐下。「希望他真的可以放下過去。」

「可以的，這是他答應了伊格的事。」洛廉端過咖啡喝了，味道苦澀得讓人吐舌，在旁的修蕾則露出「看你以後還敢不敢吩咐我泡咖啡」的賊笑表情。

「嗤，就知道妳泡咖啡的功夫差勁。」洛廉放下杯子，站了起來，「對了，遲些再寫一封推薦信，我保證望月這次可以提前畢業。」

修蕾頷首，「那麼他的拍檔會是誰？」

「當然沒有改變。」洛廉一笑，知道修蕾在想著什麼，「聿明確的告訴我，他想繼續和望月搭檔。」

「我還以為他會逼著你交出臻呢。」

「他知道這行不通，該怎麼說呢？他選擇了一個可以互相託付性命的拍檔，而不是一個他想保護和依戀的拍檔。」洛廉覺得白優聿是想通了這一點，他別具深意的笑著，「而且他為了替臻贖罪，再次傻乎乎上當，答應我任勞任怨的執行所有任務。」

「唉，可憐的聿，我開始同情他了。」修蕾按著額頭嘆息。

遇上狐狸總帥大概只有倒楣兩個字可以形容吧？

是夜，同樣的月色下，完全不懂得自己再次被算計的白優聿一臉歡欣，完成任務的他趁機回到波蘭多城探望梅亞阿姨。

「梅亞阿姨的紅茶真讓人懷念。」白優聿擱下茶杯，露出滿足的表情。

完成任務之後，他和望月來到梅亞阿姨的住處休息，梅亞阿姨一見面立時給了二人一個深深的擁抱，盈眶的淚水表達了她說不出口的激動。

她熱情的招待望月，一直拉著望月的手說得不停，看得白優聿牙癢癢喊妒嫉。

但白優聿也知道梅亞阿姨此舉是為了感激望月。他聽說了，梅亞阿姨在他失蹤期間傷心不已，能夠看到他安然無恙回來，自必深深感激救回他的望月。

可是不習慣別人太過熱情的望月有好幾次露出石化的表情，尤其是被梅亞阿姨熱情擁抱之後，少年更是窘得臉紅耳赤，於是在茶餘飯後，少年很快想了一個藉口甩開梅亞阿姨，躲進自己的房間。

看著渾身不自在的少年，白優聿忍不住笑了，「你用不著擺出被人吃豆腐的表情吧？」

「我沒有！」瞪他一眼，望月訥訥開口：「我只是從來沒試過一天之內被人擁抱那麼多次。」很小很小的時候，記憶中只有媽媽這樣抱過他。

「嗤，便宜你了！我家的梅亞阿姨是難得一見的美人……」礙於望月殺氣騰騰的眼神，白優聿後面的話尾換作吃吃偷笑。

望月窩在他床上生悶氣，他倚在窗臺處，看著天上的明月，突然微笑開口：「望月，如果當初你叫不醒我，我繼續被蘭可操控的話，你會怎麼做？」

望月睨他一眼，老神在在聳肩，「還能怎麼做？我會把你打個半死，再叫醒你。」

「這是什麼答案啊？」他翻白眼。

「反正我知道你一定會清醒過來，所以根本沒想過這個可能性。」

少年肯定的語氣讓他的笑容加深，「也對，換作是我，我也有同樣的想法。」

這大概就是拍檔之間的深信不疑和默契吧。話說他之前還嫌這個拍檔太惡劣，現在想起來，這小子是最惡的拍檔也是最佳的拍檔。

「那以後請多多關照了，拍檔。」他看著少年，笑瞇了眼。

望月深深看了他一眼，這才冷哼一聲別開視線，嘴角卻緩緩勾起。

前方的路應該不會太平坦順利，不過只要互相信任和扶持，他相信他們能夠走得更遠。

——全書完——

後記

《最惡拍檔》到此結束，這個故事從構思、下筆到完成大概花了前後一年的時間，終於來到尾聲向大家說再見了。

最初的構思是《最惡拍檔》一共有六集，但基於某些原因，我在編輯的通知之下將故事由原本六集的篇幅縮短成五集，其中有許多需要細細著墨的地方被大略帶過，有些情節是撤了又重寫，整個故事結構可能看起來變得很趕，但最後還是順利的按照原本的設定寫下句點。

想在此一提的是，在故事中身為白優聿重要拍檔的臻並沒有佔去太多的篇幅，我本來還想讓她有機會參與喚醒白優聿的，最後還是作罷了。她是一個處於灰色地帶的人物，既不可以為了拍檔付出一切，也不完全墮落於黑暗，被逼在家人和白優聿之間做出選擇的時候，她選擇了背棄白優聿。要是再給她一次選擇的機會，她仍舊會選擇背棄白優聿，這就是她的悲哀之處。

至於蘭可和伊格的愛情，要是寫成言情小說的話，可塑性應該還滿高的。為了愛情放棄一切的蘭可到了最後才發現終究還是失去許多，十三年來的復仇變成一場空，夥伴死的死、傷的傷，復活的愛人還是要離他而去，他終於從仇恨桎梏中醒悟過來，這一段寫起來挺有感覺的，最後看回去也不禁為這個人物感到同情。所以在故事的結尾，我讓蘭可活下來了，讓這個可憎也可憐的人物繼續活下去為過去的種種贖罪。

故事的結尾依舊是好人有好報，壞人難逃法網的設定，雖然老套，但也正好可以彌補一些我們在現實中無法伸張的正義背後留下的遺憾。

這一年來，我幾乎每個晚上都在和《最惡拍檔》中的主角們搏鬥，努力寫著他們的歡樂、他們的悲苦，故事中的每一個角色都是我所鍾愛的，寫到完結的時候終於有一種鬆一口氣的感覺，但也有著深深的不捨。

值得歡欣的是，這是我人生中第一次完成的長篇故事，過往都是在七八萬字中完成一部作品，藉著這部作品，我獲得了不少寶貴的經驗。在此要感激身邊的人以及編編提供的意見和支持。

白優聿和望月這對拍檔的故事還是會繼續發展下去，但故事應該不會出現在商業誌了。

希望以後我們有機會再見，祝大家閱讀愉快！

秋十

最悪拍檔

高寶書版集團
gobooks.com.tw

輕世代 FW057
最惡拍檔05最後的羈絆

作　　者　秋十
繪　　者　流翼
編　　輯　張心怡
校　　對　王藝婷、許佳文、賴思妤
美術編輯　陸聖欣
排　　版　彭立瑋
出　　版　英屬維京群島商高寶國際有限公司台灣分公司
　　　　　Global Group Holdings, Ltd.
地　　址　台北市內湖區洲子街88號3樓
網　　址　gobooks.com.tw
電　　話　(02) 27992788
電　　郵　readers@gobooks.com.tw（讀者服務部）
　　　　　pr@gobooks.com.tw（公關諮詢部）
傳　　真　出版部　(02) 27990909　行銷部 (02) 27993088
郵政劃撥　19394552
戶　　名　英屬維京群島商高寶國際有限公司台灣分公司
發　　行　希代多媒體書版股份有限公司/Printed in Taiwan
初版日期　2013年12月

國家圖書館出版品預行編目(CIP)資料

最惡拍檔. 5, 最後的羈絆 / 秋十著. -- 初版. --
臺北市：高寶國際, 2013.12-
　面；　公分. --

ISBN 978-986-185-932-3(平裝)

857.7　　　　102021879

三日月

三日月